Daftar Isi
目錄

Daftar Huruf Abjad Bhs. Indonesia

ㄅㄚㄈㄨㄚㄌㄚ ㄈㄨㄌㄨ ㄚㄅㄐㄧㄚ ㄅㄟㄏㄚㄙㄚ
ㄧㄣㄟㄉㄨㄟㄋㄧㄒㄧㄧㄚˊ

印尼語字母表

MP3
01

▶字母

A a	B b	C c	D d
ㄚ	ㄅㄟ	ㄙㄟ	ㄉㄟ

E e	F f	G g	H h
ㄟ	ㄟㄈㄨ·	ㄍㄟ	ㄏㄚ

I i	J j	K k	L l
ㄧ	ㄓㄟ	ㄍㄚ	ㄌㄛ

M m	N n	O o	P p
ㄣ	ㄣˇ	ㄛ	ㄅㄟ

Q q	R r	S s	T t
ㄎㄩ	ㄟㄌㄚ	ㄟㄙ	ㄉㄟ

U u	V v	W w	X x
ㄨ	ㄈㄧ	ㄨㄟ	ㄟㄎ·ㄙ

Y y	Z z
ㄧㄝ	ㄐㄧㄝ·

Pelajaran 02

Kalimat perintah dan memohon
ㄍㄚㄌㄧㄇㄚ ㄅㄜㄌㄧㄣ ㄅㄚ ㄌㄚㄣ ㄇㄛㄏㄜ˙
命令與請求用語

MP3 02

Silahkan masuk.
ㄙㄧㄌㄚㄍㄢ ㄇㄚㄙㄨ˙
請進來。

Silahkan pergi.
ㄙㄧㄌㄚㄍㄢ ㄅㄜㄌㄎㄧ˙
請出去。

Silahkan datang kesini.
ㄙㄧㄌㄚㄍㄢ ㄌㄚㄌㄤ ㄍㄜ˙ㄒㄧㄋㄧㄟ
請到這兒來。

Silahkan berbicara.
ㄒㄧㄌㄚㄍㄢ ㄅㄜㄌㄜㄅㄧㄐㄧㄚㄌㄚˇ
請說。

Mohon untuk mendengar saya bicara.
ㄇㄛㄏㄣ ㄨㄣˇㄉㄨ ㄇㄜㄌㄣㄚˇㄌㄚ ㄙㄚㄧㄚ ㄅㄧㄐㄧㄚㄌㄚˇ
請聽我說。

Mohon mengikuti saya.
ㄇㄛㄏㄣ ㄇㄜㄧㄣˇㄎㄨㄌㄧ ㄙㄚㄧㄚ
請隨我來。

Bawa kesini.
ㄅㄚˇㄨㄚ ㄎㄜㄒㄧㄋㄧ
拿過來。

Bawa pergi.
ㄅㄚˇㄨㄚ ㄅㄜㄌㄜㄍㄧˊ
拿出去。

Jangan lupa.
ㄐㄧㄤㄖㄢ ㄌㄨㄅㄚ˙
不要忘記。

Jangan merokok.
ㄐㄧㄤㄖㄢ ㄇㄜㄌㄛㄍㄛ˙
不要吸煙！

Kearah kiri.
ㄍㄜ˙ㄚㄌㄚ ㄍㄧㄌㄧ
向左邊。

Belok kekanan.
ㄅㄟㄌㄡ ㄍㄜ˙ㄍㄢㄋㄢㄟ
向右轉。

Jalan terus.
ㄐㄧㄚㄌㄢ ㄅㄜㄌㄨㄟㄙ
向前走。

Belok kebelakang.
ㄅㄟㄌㄛ ㄍㄜㄅㄜㄌㄚㄍㄢㄟ
向後轉。

Mohon tunggu sebentar.
ㄇㄛㄏㄣ ㄉㄨㄍㄨ ㄙㄜ˙ㄅㄣㄅㄚˇ
請等一下。

Mohon membantu saya.
ㄇㄛˊㄏㄣ ㄇㄣˊㄇㄢㄅㄨ ㄙㄚㄧㄚ˙
請幫我。

Mohon datang kesini.
ㄇㄛˊㄏㄣ ㄉㄚˊㄉㄤ ㄍㄜㄒㄧㄋㄧˇ
請到這邊來。

Harap jalan hati hati.
ㄏㄚㄌㄚ ㄐㄧㄚㄌㄢ ㄏㄚㄉㄧ ㄏㄚㄉㄧ
請小心走。

Mohon untuk mengisi daftar ini.
ㄇㄛˊㄏㄣ ㄨㄣㄉㄨ ㄇㄜㄋㄧㄒㄧ ㄉㄚㄈㄨ•ㄉㄚㄌㄜ ㄧㄋㄧˇ
請填寫這張表格。

Apakah saya boleh pergi ?
ㄚㄅㄚㄍㄚ ㄙㄚㄧㄚ ㄅㄜㄌㄟˇ ㄅㄜㄌㄜㄍㄧˊ
我可以離開了嗎？

Apakah saya boleh meminta bantuan anda ?
ㄚㄅㄚㄍㄚ ㄙㄚㄧㄚ ㄅㄜㄌㄟ ㄇㄜㄇㄧㄅㄚ ㄇㄢㄉㄨㄢ ㄚˊㄉㄚˊ
我可以請你幫忙嗎？

Apakah saya boleh masuk ?
ㄚㄅㄚㄍㄚ ㄙㄚㄧㄚ ㄅㄜㄌㄟ ㄇㄚˇㄙㄨˊ
我可以進來嗎？

Mohon untuk bicara lambat sedikit.
ㄇㄛˊㄏㄣ ㄨㄣˇㄉㄨ ㄅㄧㄐㄧㄚㄌㄚ ㄌㄢˇㄅㄚ ㄙㄜㄉㄧˊㄍㄧ
請說得稍慢一點。

Mohon memberitahu saya toilet dimana ?
ㄇㄛˊㄏㄣ ㄇㄣㄅㄜㄉㄧㄅㄚㄏㄨ ㄙㄚㄧㄚ ㄅㄜㄌㄟ ㄉㄧㄇㄚㄋㄚˊ
請告訴我洗手間在那兒？

Kalimat bertanya sederhana
ㄍㄚㄉㄧㄇㄚ ㄅㄜㄉㄜㄉㄚㄧㄚ ㄙㄜㄉㄜㄉㄜㄏㄚㄋㄚˇ
簡單問句

MP3
03

Apa ini ?
ㄚㄅㄚ ㄧㄋㄧ
這是什麼？

Apa itu ?
ㄚㄅㄚ ㄧㄉㄨ
那是什麼？

Nama kamu siapa ?
ㄋㄚㄇㄚ ㄍㄚㄇㄨ ㄒㄧㄧㄚㄅㄚ
你叫什麼名字？

Apa yang kamu inginkan ?
ㄚㄅㄚ ㄧㄤˇ ㄍㄚㄇㄨ ㄧㄣˇㄧㄣㄍㄢ
你想要什麼？

Ada apa ?
ㄚㄉㄚ ㄚㄅㄚ
什麼事？

Berapa harganya ?
ㄅㄜㄉㄚㄅㄚ ㄏㄚㄉㄜㄍㄋㄧㄚ
多少錢？

Hari ini hari apa (tgl berapa) ?
ㄏㄚㄉㄧ ㄧㄋㄧ ㄏㄚㄉㄧ ㄚㄅㄚ （ㄅㄤㄍㄚ ㄉㄜㄉㄚㄅㄚ）
今天是什麼日子（幾號）？

Hari ini hari apa ?
ㄏㄚㄉㄧ ㄧㄋㄧ ㄏㄚㄉㄧ ㄚㄅㄚ
今天是星期幾？

Jam berapa ?
ㄐㄧㄤ ㄅㄜㄉㄚㄅㄚ
幾點鐘了？

Apa yang kamu cari ?
ㄚㄅㄚ ㄧㅊˇ ㄍㄚㄇㄨ ㄐㄧㄚㄌㄧ
你在找什麼？

Apa yang kamu bicarakan ?
ㄚㄅㄚ ㄧㅊˇ ㄍㄚㄇㄨ ㄅㄧㄐㄧㄚㄌㄚㄍㄢ
你説什麼？

Kamu sedang sibuk apa ?
ㄍㄚˇㄇㄨ ㄙㄜㄌㅊˇ ㄒㄧㄅㄨ ㄚㄅㄚ
他在忙些什麼？

Kamu berasal dari Negara mana ?
ㄍㄚˇㄇㄨ ㄅㄜㄌㄚㄙㄚ ㄌㄚㄌㄧ ㄍㄜㄌㄚ ㄇㄚㄋㄚ
你是哪一國人？

Kamu suka warna apa ?
ㄍㄚˇㄇㄨ ㄙㄨㄍㄚ ㄨㄚˇㄋㄚ ㄚㄅㄚ
你喜歡哪種顏色？

Yang mana kamu punya ?
ㄧㅊˇ ㄇㄚㄋㄚˋ ㄍㄚㄇㄨ ㄅㄨㄋㄧㄚ
哪一個是你的？

Yang mana yang paling baik ?
ㄧㅊˇ ㄇㄚㄋㄚˋ ㄧㅊˇ ㄅㄚㄌㄧㄥ ㄅㄞ
哪一個最好？

Kamu ingin yang mana ?
ㄍㄚˇㄇㄨ ㄧㄣˇㄧㄥ ㄧㅊˇ ㄇㄚㄋㄚ
你要哪一個？

Siapa yang bicara begitu ?
ㄒㄧㄧㄚㄅㄚ ㄧㅊˇ ㄅㄧㄐㄧㄚㄌㄚ ㄅㄜㄍㄧˊㄅㄨ
誰這樣説的？

Siapa yang memberitahu kamu ?
ㄒㄧㄧㄚㄅㄚ ㄧㅊˇ ㄇㄜㄅㄜㄌㄧㄅㄚㄏㄨ ㄍㄚㄇㄨ
誰告訴你的？

Kamu siapa ?
《ㄚˇㄇㄨ ㄒㄧㄧㄚㄅㄚ
你是誰？

Apakah kamu baik ?
ㄚㄅㄚ《ㄚ 《ㄚˇㄇㄨ ㄅㄞˋ
你好嗎？

Siapa yang mengajarkan kamu bahasa Indonesia ?
ㄒㄧㄧㄚㄅㄚ ㄧㄤˇ ㄇㄣˋㄧㄚㄐㄧㄚ《ㄚ 《ㄚˇㄇㄨ ㄅㄚㄏㄚㄙㄚ
ㄧㄣˇㄉㄨㄋㄧㄒㄧㄧㄚ
誰教你學印尼語？

Berapa harga itu ?
ㄅㄜㄉㄚㄅㄚ ㄏㄚㄉㄜ《ㄚ ㄧㄉㄨ
它賣多少錢？

Berapa jumlah keseluruhannya ?
ㄅㄜㄉㄚㄅㄚ ㄐㄩㄥˇㄅㄨㄉㄚ 《ㄜˇㄙㄜㄉㄨㄉㄨˇㄏㄚㄧㄚ
一共多少錢？

Bagaimana dengan yang ini ?
ㄅㄜ《ㄟˇㄇㄚㄋㄚ ㄉㄥˋㄤˇ ㄧㄤˇ ㄧㄋㄧ
這一個怎樣？

Apakah kamu baik akhir akhir ini ?
ㄚㄅㄚ《ㄚ 《ㄚˇㄇㄨ ㄅㄞˋ ㄚㄏㄧㄉㄜ ㄚㄏㄧㄉㄜ ㄧㄋㄧ
你近來好嗎？

Berapa usia kamu tahun ini ?
ㄅㄜㄉㄚㄅㄚ ㄨㄒㄧㄧㄚ 《ㄚˇㄇㄨ ㄅㄚㄏㄨ ㄧㄋㄧ
你今年幾歲？

Apakah kamu suka dia ?
ㄚㄅㄚ《ㄚ 《ㄚˇㄇㄨ ㄙㄨ《ㄚ ㄉㄧˇㄧㄚˊ
你喜歡它嗎？

Bagaimana perhitungan ongkosnya ?
ㄅㄜㄍㄟˇㄇㄚㄋㄚ ㄅㄜㄌㄟˇㄉㄨㄥㄋㄢˇ ㄛˇㄍㄛˇㄙㄋ˙一ㄤ
費用怎樣計算？

Berapa lama saya harus menunggu ?
ㄅㄜㄌㄚˇㄅㄚ ㄌㄚㄇㄚ ㄙㄚ一ㄚ ㄏㄚㄌㄨㄥ ㄇㄣㄋㄨㄍㄨ
我還要等多久？

Kemana kamu pergi ?
ㄍㄜㄇㄚㄋㄚ ㄍㄚㄇㄨ ㄅㄜㄌㄜㄍ一
你去哪兒？

Dia tinggal dimana ?
ㄉ一一ㄚ ㄉ一ㄥㄟ ㄍㄚˊ ㄉ一ㄇㄚㄋㄚ
他住在哪裏？

Dia ada dimana ?
ㄉ一一ㄚ ㄚㄉㄚ ㄉ一ㄇㄚㄋㄚ
他在哪裏？

Kapan dia akan kembali ?
ㄍㄚㄅㄢˋ ㄉ一一ㄚ ㄍㄢˇ ㄍㄣˇㄅㄚㄌ一
他什麼時候才會來呢？

Kapan dia akan balik ?
ㄍㄚㄅㄢˋ ㄉ一一ㄚ ㄍㄢˇ ㄅㄚㄌ一
他什麼時候回來呢？

Kapan kamu punya waktu ?
ㄍㄚㄅㄢˋ ㄍㄚˇㄇㄨ ㄅㄨㄟ一ㄚ ㄨㄚㄍㄨ
你什麼時候有空？

Jam berapa tempat ini tutup ?
ㄐ一ㄤˇ ㄅㄜㄌㄚㄅㄚ ㄉㄥˇㄅㄚ 一ㄋ一 ㄉㄨㄌㄨ
這兒什麼時候打烊？

Apakah kamu suka saya ?
ㄚㄅㄣㄍㄚ ㄍㄚˇㄇㄨ ㄙㄨˊㄍㄚ ㄙㄚ一ㄚˊ
你喜歡我嗎？

Apakah kamu kenal dia ?
ㄚㄅㄚㄍㄍㄚ ㄍㄚˇㄇㄨ ㄍㄣˇㄋㄚ ㄅㄧˇㄧㄚˊ
你認識他嗎？

Apakah kamu suka masakan Indonesia ?
ㄚㄅㄚㄍㄍㄚ ㄍㄚˇㄇㄨ ㄙㄨˊㄍㄚ ㄇㄚㄙㄚㄍㄢ ㄧㄣˇㄅㄨㄟㄋㄧˊ
ㄒㄧㄧㄚˊ
你喜歡印尼菜嗎？

Apakah kamu suka masakan Chinese ?
ㄚㄅㄚㄍㄍㄚ ㄍㄚˇㄇㄨ ㄙㄨˋㄍㄚ ㄇㄚㄙㄚㄍㄢˇ ㄘㄞˇㄋㄧˊㄥ
你喜歡中餐嗎？

Apakah saya boleh mencoba memakainya ?
ㄚㄅㄚㄍㄍㄚ ㄙㄚㄧㄚ ㄅㄛㄌㄟ ㄇㄨㄣㄐㄧㄡㄅㄚ ㄇㄣㄇㄚㄍㄚˇㄧㄚˊ
我可以試穿嗎？

Apakah kamu sekarang ini sangat sibuk ?
ㄚㄅㄚㄍㄍㄚ ㄍㄚˇㄇㄨ ㄙㄜㄍㄚㄌㄤˇ ㄧㄋㄧˇ ㄙㄢˇㄤ ㄒㄧˊㄅㄨ
你現在很忙嗎？

Apakah kamu sekarang ini ada waktu ?
ㄚㄅㄚㄍㄍㄚ ㄍㄚˇㄇㄨ ㄙㄜㄍㄚㄌㄤˇ ㄧㄋㄧˇ ㄚˇㄌㄚ ㄨㄚㄅㄨˊ
你現在有空嗎？

Apakah kamu sekarang ini ingin pergi ?
ㄚㄅㄚㄍㄍㄚ ㄍㄚˇㄇㄨ ㄙㄜㄍㄚㄌㄤˇ ㄧㄋㄧˇ ㄧㄣˇㄧㄣ ㄅㄜㄍㄧˊ
你現在要去了嗎？

Apakah begitu ?
ㄚㄅㄚㄍㄚ ㄅㄜㄍㄧˊㄅㄨˊ
是那樣嗎？

Apakah kamu dapat mengurangi harga sedikit ?
ㄚㄅㄚㄍㄚ ㄍㄚˇㄇㄨ ㄌㄚㄅㄚ ㄇㄣˇㄍㄨㄌㄢˇㄍㄧˊ ㄏㄚㄌㄜㄍㄚ
ㄙㄜㄌㄧˇㄍㄧ
你可以再減一點價錢嗎？

Apakah ada discount ?
ㄚㄅㄚㄍㄚ ㄚˇㄉㄚ ㄉㄧˇㄙㄍㄛˇㄣ
有折扣嗎 ?

Apakah ini yang kamu inginkan ?
ㄚㄅㄚㄍㄚ ㄧㄋㄧˇ ㄧㄤˇ ㄍㄚˇㄇㄨ ㄧㄣˇㄧㄣㄍㄢˇ
這是你所要的嗎 ?

Apakah ada tempat duduk ?
ㄚㄅㄚㄍㄚ ㄚˇㄉㄚ ㄉㄣㄟㄅㄚ ㄉㄨˇㄉㄨˊ
有空位子嗎 ?

Apakah Mr. Li ada ?
ㄚㄅㄚㄍㄚ ㄇㄧㄙㄉㄜ ㄉㄧ ㄚㄉㄚˊ
李先生在嗎 ?

Apakah sangat jauh dari sini ?
ㄚㄅㄚㄍㄚ ㄙㄢˇㄚㄐㄧㄠˇㄨ ㄉㄚㄉㄧ ㄒㄧㄋㄧˊ
它離這兒遠嗎 ?

Apakah kamu sudah lama menunggu ?
ㄚㄅㄚㄍㄚ ㄍㄚˇㄇㄨ ㄙㄨㄉㄚˇ ㄉㄚㄇㄚ ㄇㄣㄋㄨˊㄍㄨˊ
你等了很久了嗎 ?

Apakah kamu dapat memberitahu saya kapan ?
ㄚㄅㄚㄍㄚ ㄍㄚˇㄇㄨ ㄉㄚˇㄅㄚ ㄇㄣˇㄅㄜㄉㄧㄅㄚㄏㄨ ㄙㄚㄧㄚˑ
ㄍㄚㄅㄢˇ
你能告訴我什麼時候嗎 ?

Apa yang dapat saya bantu ?
ㄚㄅㄚ ㄧㄤˇ ㄉㄚㄅㄚ ㄙㄚㄧㄚ ㄅㄢㄉㄨ
我可以為你效勞嗎 ?

Apakah kamu dapat berbicara bhs. Indonesia ?
ㄚㄅㄚㄍㄚ ㄍㄚˇㄇㄨ ㄉㄚㄅㄚ ㄅㄜㄅㄧˋㄐㄧㄚㄉㄚˇ ㄅㄚㄏㄚㄙㄚ
ㄧㄣˇㄉㄨㄟㄋㄧˇㄒㄧㄧㄚˊ
你會說印尼語嗎 ?

Kalimat menjawab sederhana

ㄍㄚㄌㄧㄇㄚ ㄇㄣㄐㄧㄠㄨㄚ ㄙㄜㄉㄜㄉㄜㄏㄚㄋㄚ

簡單答句

MP3 04

Ya. ㄧㄚˋ 是。	Saya sangat sibuk. ㄙㄚㄧㄚ ㄙㄢㄤ ㄒㄧㄅㄨㄟ 我很忙。
Tidak. / bukan. ㄅㄧㄉㄚˋ／ㄅㄨㄍㄢˋ 不是。	Saya tidak sibuk. ㄙㄚㄧㄚ ㄅㄧㄉㄚ ㄒㄧㄅㄨㄟ 我不忙。
Ada. ㄚㄉㄚˋ 有。	Saya ada waktu. ㄙㄚㄧㄚ ㄚㄉㄚ ㄨㄚㄅㄨㄟ 我有空。
Tidak ada. ㄅㄧㄉㄚˋ ㄚㄉㄚˋ 沒有。	Saya tidak ada waktu. ㄙㄚㄧㄚ ㄅㄧㄉㄚ ㄚㄉㄚ ㄨㄚㄅㄨㄟ 我沒空。
Boleh. ㄅㄛㄌㄟˋ 可以。	Sangat besar. ㄙㄢㄤ ㄅㄜㄙㄚˋㄉㄚˇ 很大。
Tidak boleh. ㄅㄧㄉㄚˋ ㄅㄛㄌㄟˋ 不可以。	Sangat kecil. ㄙㄢㄤ ㄍㄜˋㄐㄧㄡˋ 很小。
Ada. ㄚㄉㄚˋ 在。	Sangat dekat. ㄙㄢㄤ ㄉㄜㄍㄚˋ 很近。
Tidak ada. ㄅㄧㄉㄚˋ ㄚㄉㄚˋ 不在。	Sangat jauh. ㄙㄢㄤ ㄐㄧㄠㄨˋ 很遠。

Sangat panjang.
ㄙㄢㄤ ㄅㄢㄌㄧㄤㄟ
很長。

Sangat pendek.
ㄙㄢㄤ ㄅㄣˇㄉㄟˋ
很短。

Sangat dalam.
ㄙㄢㄤ ㄅㄚㄉㄤˇ
很深。

Sangat dangkal.
ㄙㄢㄤ ㄅㄢˇㄍㄠˇ
很淺。

Sangat tinggi.
ㄙㄢㄤ ㄅㄧㄥㄍㄧ
很高。

Sangat rendah.
ㄙㄢㄤ ㄅㄜㄋㄅㄚˇ
很低。

Sangat lebar.
ㄙㄢㄤ ㄌㄟㄅㄚ・
很寬。

Sangat longgar.
ㄙㄢㄤ ㄉㄨㄥㄍㄚˇㄌㄜ
很鬆。

Tidak lama.
ㄅㄧㄅㄚ ㄉㄚㄇㄚ
不久。

Sangat lama.
ㄙㄢㄤ ㄅㄚㄇㄚ
很久。

Sangat cepat.
ㄙㄢㄤ ㄓㄜㄅㄚ・
很快。

Sangat lambat.
ㄙㄢㄤ ㄌㄚㄋㄅㄚ・
很慢。

Sangat terburu - buru.
ㄙㄢㄤ ㄅㄜㄅㄨㄉㄨ-ㄅㄨㄉㄨ
很急。

Tidak terburu buru.
ㄅㄧㄅㄚ ㄅㄜㄅㄨㄉㄨ-ㄅㄨㄉㄨ
不急。

Sangat enak. / lezat.
ㄙㄢㄤ ㄟㄋㄚㄟ-ㄌㄜㄓㄚ・
真好吃。

Sangat tidak enak.
ㄙㄢㄤ ㄅㄧㄅㄚ ㄟㄋㄚㄟ
真難吃。

Suka.
ㄙㄨㄍㄚ・
喜歡。

Tidak suka.
ㄅㄧㄅㄚ ㄙㄨㄍㄚ・
不喜歡。

Saya tahu.
ㄙㄚㄧㄚ ㄅㄚ・ㄏㄨㄟ
我知道。

Saya tidak tahu.
ㄙㄚㄧㄚ ㄅㄧㄅㄚ ㄅㄚ・ㄏㄨㄟ
我不知道。

Saya mengerti.
ㄙㄚㄧㄚ ㄇㄣˇㄦㄋㄜㄉㄧˋ
我懂。

Saya tidak mengerti.
ㄙㄚㄧㄚ ㄉㄧㄉㄚ ㄇㄣˇㄦㄋㄜㄉㄧˋ
我不懂。

Ya begitu.
ㄧㄚˊ ㄅㄜㄍㄧㄉㄨㄟ
這就是了。

Saya suka kedua duanya.
ㄙㄚㄧㄚ ㄙㄨㄍㄚˋ ㄍㄜㄉㄨㄚ ㄉㄨㄚㄧㄚˋ
我兩樣都喜歡。

Saya tidak merokok.
ㄙㄚㄧㄚ ㄉㄧㄉㄚ ㄇㄜㄉㄛㄍㄡㄟ
我不吸煙的。

Saya ingin segelas bir.
ㄙㄚㄧㄚ ㄧㄣˇㄧㄣ ㄙㄜㄍㄜˋㄉㄚㄙ ㄅㄧㄉㄜ
我要一杯啤酒。

Saya sangat baik , terima kasih.
ㄙㄚㄧㄚ ㄙㄢˇㄤ ㄅㄞˊ ,ㄉㄜㄉㄧㄇㄚ ㄍㄚㄒㄧ
我很好，謝謝你。

Baik , silahkan.
ㄅㄞˊ ,ㄒㄧㄉㄚㄍㄢˇ
好的，請便。

Sudah lama tidak melihat kamu.
ㄙㄨㄉㄚ ㄌㄚㄇㄚ ㄉㄧㄉㄚ ㄇㄚㄉㄧㄏㄚ ㄍㄚㄇㄨ
很久沒見到你了。

Baik , saya akan melakukan.
ㄅㄞˊ ,ㄙㄚㄧㄚ ㄚㄍㄢˇ ㄇㄜㄉㄚㄍㄨㄍㄢˇ
是，我會的。

Saya sedang mencari kamu.
ㄙㄚㄧㄚ ㄙㄜㄅㄤˇ ㄇㄣㄐㄧㄚㄅㄧ ㄍㄚㄇㄨ
我正要找你。

Baik , saya sangat senang membantu kamu.
ㄅㄞˊ,ㄙㄚㄧㄚ ㄙㄢㄤ ㄙㄣˇㄋㄤ ㄇㄣㄅㄅㄢㄅㄨ ㄍㄚㄇㄨ
好的，我很高興為你效勞。

Baik , saya tidak akan lupa.
ㄅㄞˊ,ㄙㄚㄧㄚ ㄅㄧㄅㄚ ㄚㄍㄢˇ ㄌㄨㄅㄚˋ
好的，我不會忘記。

Tidak perlu dimasukkan hati.
ㄅㄧㄅㄚ ㄅㄜㄌㄨˋ ㄅㄧㄇㄚㄙㄨㄍㄢˇ ㄏㄚㄅㄧ
不必介意。

Jangan berkata begitu.
ㄐㄧㄤˊㄤ ㄅㄜㄅㄜㄍㄚㄅㄚ ㄅㄜㄍㄧㄅㄨˋ
哪兒的話。

Saya sangat menyesal.
ㄙㄚㄧㄚ ㄙㄢˇㄤ ㄇㄣˇㄧㄚㄙㄜˊ
我實在很抱歉。

Saya sangat menyesal , saya tidak dapat membantu kamu.
ㄙㄚㄧㄚ ㄙㄢˇㄤ ㄇㄣˇㄧㄚㄙㄜˇ,ㄙㄚㄧㄚ ㄅㄧㄅㄚ ㄅㄚㄅㄣ
ㄇㄣㄅㄅㄅㄨ ㄍㄚㄇㄨ
我很抱歉，我不能幫助你。

Ah , tidak apa apa.
ㄚˊ,ㄅㄧㄅㄚ ㄚㄅㄚ ㄚㄅㄚ˙
啊，不要緊的。

Itu tidak perlu.
ㄧˊㄅㄨ ㄅㄧㄅㄚ ㄅㄚㄅㄨ
那是不必要的。

Saya mendengarnya. sangat sedih
ㄙㄚㄧㄚ ㄇㄣㄅㄣㄅㄚㄅㄧㄧㄚ ㄙㄢㄤ ㄙㄜ˙ㄅㄧˋ
我聽了很難過。

Kamu memutar salah. nomor telepon
ㄍㄚㄇㄨ ㄇㄣㄇㄨㄅㄚㄌㄚ ㄙㄚㄌㄚ ㄋㄛㄇㄛ ㄅㄜㄌㄜㄈㄣㄟ
你打錯電話號碼了。

Mohon tunggu. (digunakan pada waktu menelepon)
ㄇㄣㄏㄣ ㄅㄨㄣㄍㄨ (ㄅㄧㄍㄨㄋㄚˇㄍㄢ ㄅㄚㄅㄚ ㄨㄚ•ㄅㄨ
ㄇㄣㄋㄣㄌㄜㄈㄣㄟ)
請等一等。（打電話中應用）

Sangat gembira bertemu kamu.
ㄙㄢㄤ ㄍㄣˇㄅㄧㄌㄚ ㄅㄜㄅㄜㄇㄨ ㄍㄚㄇㄨ
真高興見到你。

Maaf , saya menggangu kamu.
ㄇㄚㄚㄈㄨ, ㄙㄚㄧㄚ ㄇㄣˇㄍㄢˇㄍㄨ ㄍㄚㄇㄨ
對不起，我打擾你了。

Mohon duduk.
ㄇㄣㄏㄣ ㄅㄨㄅㄨ •
請坐。

Ini kartu nama saya.
ㄧㄋㄧˇ ㄍㄚㄌㄜㄅㄨ ㄋㄚㄇㄚ ㄙㄚㄧㄚ
這是我的名片。

Jangan sampai terlambat.
ㄐㄧㄤㄢ ㄙㄢㄅㄞ ㄅㄜㄌㄚˇㄅㄚ
請別遲到。

Duduk sebentar lagi ya !
ㄅㄨㄅㄨ ㄙㄜ•ㄅㄣˇㄅㄚ ㄌㄚㄍㄧˊ ㄧㄚˊ
再多坐一會兒吧！

Tidak lama bertemu lagi !
ㄅㄧㄅㄚ ㄌㄚㄇㄚ ㄅㄜㄅㄜㄇㄨ ㄌㄚㄍㄧ
不久再見！

Saya merasa sangat gembira.
ㄙㄚㄧㄚ ㄇㄜㄅㄚㄙㄚ ㄙㄢˇㄤ ㄍㄣˇㄅㄧㄌㄚ
我覺得十分快樂。

Sampai jumpa.
ㄙㄢㄅㄞˊ ㄐㄩㄙㄅㄚ
再見。

Semoga begitu.
ㄙㄣㄇㄛㄍㄚ ㄅㄣˇㄍㄧˊㄉㄨ
但願如此。

Jaga diri baik-baik.
ㄐㄧㄚㄍㄚ ㄅㄧㄉㄧ ㄅㄞˊ-ㄅㄞ
請多多保重。

Saya sangat gembira mengenal kamu.
ㄙㄚㄧㄚ ㄙㄢˇㄤ ㄍㄣˇㄅㄧㄉㄚ ㄇㄣㄣˇㄋㄚ ㄍㄚㄇㄨ
我很高興認識你。

Saya sakit flu.
ㄙㄚㄧㄚ ㄙㄚㄍㄧ ㄈㄨ·ㄌㄨㄟ
我感冒了。

Saya harap kamu segera sembuh.
ㄙㄚㄧㄚ ㄏㄚˇㄉㄚ ㄍㄚˇㄇㄨ ㄙㄜㄍㄜㄉㄚ ㄙㄣㄅㄨ
我希望你快些康復。

Saya segera sembuh.
ㄙㄚㄧㄚ ㄙㄜㄍㄜㄉㄚ ㄙㄣㄅㄨ
我快要康復了。

Saya sedikit sakit kepala.
ㄙㄚㄧㄚ ㄙㄜㄉㄧˋㄍㄧ ㄙㄚㄍㄧ ㄍㄜㄅㄚㄌㄚ
我有些頭痛。

Saya sangat gembira kamu suka padanya.
ㄙㄚㄧㄚ ㄙㄢˇㄤ ㄍㄣˇㄅㄧㄉㄚˇ ㄍㄚㄇㄨ ㄙㄨㄍㄚ ㄅㄚㄉㄚㄧㄚ
我很高興你喜歡它。

Saya tidak minum arak.
ㄙㄚㄧㄚ ㄅㄧㄉㄚ ㄇㄧˇㄋㄨ ㄚㄉㄚ
我不喝酒的。

Ini sangat enak.
ー ㄋ ー ㄥ ˊ　ㄙ ㄢ ∨ ㄤ　ㄣ ∨ ㄋ ㄚ •
這個真好吃。

Kita hampir saja ketinggalan kereta.
ㄍ ー ㄅ ㄚ　ㄏ ㄢ ∨ ㄅ ー　ㄙ ㄚ ㄐ ー ㄚ　ㄍ ㄜ ㄅ ー ㄣ ㄍ ㄚ ㄌ ㄢ　ㄍ ㄜ ∨ ㄌ ㄟ ㄅ ㄚ
我們將趕不上火車了。

Saya tidak jelas?
ㄙ ㄚ ー ㄚ　ㄅ ー ㄅ ㄚ　ㄐ ー ㄚ ㄌ ㄚ ˊ ㄙ
我不清楚呢？

Saya pikir tidak begitu.
ㄙ ㄚ ー ㄚ　ㄅ ー ㄍ ー ㄅ ㄜ　ㄅ ー ㄅ ㄚ　ㄅ ㄜ ㄍ ー ㄅ ㄨ
我想不會這樣的。

Saya sekarang ini harus pergi.
ㄙ ㄚ ー ㄚ　ㄙ ㄍ ㄚ ㄌ ㄤ ∨　ー ㄋ ー ˊ　ㄏ ㄚ ㄌ ㄨ ㄙ　ㄅ ㄜ ㄅ ー ㄍ ー ˊ
我現在必須告別了。

Mungkin sebentar lagi hujan.
ㄇ ㄨ ㄣ ∨ ㄍ ー ㄣ　ㄙ ㄜ ㄅ ㄣ ㄅ ㄚ　ㄌ ㄚ ㄍ ー　ㄏ ㄨ ㄐ ー ㄤ ∨
可能快下雨了。

Hujan sangat lebat.
ㄏ ㄨ ㄐ ー ㄤ　ㄙ ㄢ ∨ ㄤ　ㄌ ㄜ ㄅ ㄚ ㄟ
雨下得很大。

Mari kita berteduh !
ㄇ ㄚ ㄌ ー　ㄍ ー ㄅ ㄚ　ㄅ ㄜ ㄅ ㄜ ㄅ ㄨ ㄟ
讓我們避避雨吧！

Baik , kita segera lari.
ㄅ ㄞ ˊ ，　ㄍ ー ㄅ ㄚ　ㄙ ㄜ ㄍ ㄜ ㄅ ㄚ　ㄌ ㄚ ㄌ ー ∨
好吧，我們趕快跑。

Hari ini sangat panas.
ㄏ ㄚ ㄌ ー　ー ㄋ ー ˊ　ㄙ ㄢ ∨ ㄤ　ㄅ ㄚ ㄋ ㄚ ∨ ㄙ •
今天真熱。

Saya sangat takut.
ㄙㄚㄧㄚ ㄙㄢˇㄤ ㄉㄚㄍㄨ˙
我真的很驚慌。

Saya juga.
ㄙㄚㄧㄚ ㄐㄩˇㄍㄚˊ
我也是。

Saya juga berpikir demikian.
ㄙㄚㄧㄚ ㄐㄩˇㄍㄚ ㄅㄜㄅㄧㄍㄧㄌㄜ ㄉㄜㄇㄧㄍㄧ ㄢ
我也認為是這樣。

Ah , saya merasa lebih baik sekarang ini !
ㄚ,ㄙㄚㄧㄚ ㄇㄜㄌㄚㄙㄚ ㄌㄜㄅㄧ ㄅㄞˊ ㄙㄜㄍㄚㄌㄤˇ ㄧㄋㄧˇ
啊，我現在感到好一些了！

Saya tidak tahu dimana ?
ㄙㄚㄧㄚ ㄉㄧㄌㄚ ㄉㄚㄏㄨˋ ㄉㄧㄇㄚㄋㄚ
我不知道在哪裏？

Jika kamu suka.
ㄐㄧㄍㄚ ㄍㄚㄇㄨˋ ㄙㄨˊㄍㄚˋ
如果你喜歡的話。

Saya mengerti maksud kamu.
ㄙㄚㄧㄚ ㄇㄣˇㄣˇㄌㄜㄉㄧˋ ㄇㄚㄙㄨˋ ㄍㄚㄇㄨ˙
我明白你的意思。

Saya tidak bermaksud begitu.
ㄙㄚㄧㄚ ㄉㄧㄌㄚ ㄅㄜㄌㄜㄇㄚㄙㄨˋ ㄅㄜㄍㄧˊㄉㄨˋ
我不是那個意思。

Saya bersedia membantu kamu.
ㄙㄚㄧㄚ ㄅㄜㄌㄜㄙㄜㄉㄧㄧㄚ ㄇㄣˇㄅㄢㄉㄨ ㄍㄚㄇㄨˋ
我願為你效勞。

Saya tidak mendengar.
ㄙㄚㄧㄚ ㄉㄧㄌㄚ ㄇㄣˇㄉㄣㄚˋㄌㄚˋ
我沒有聽到。

Saya tidak mengerti.
ㄙㄚㄧㄚ ㄅㄧㄅㄚ ㄇㄣˇㄣˇㄉㄜㄉㄧˋ
我不明白。

Saya tidak dapat menunggu.
ㄙㄚㄧㄚ ㄅㄧㄅㄚ ㄉㄚㄅㄚˋ ㄇㄣㄋㄨㄣㄍㄨˋ
我不能等了。

Saya sangat suka padanya.
ㄙㄚㄧㄚ ㄙㄢˇㄤ ㄙㄨㄍㄚ ㄅㄚㄉㄋㄧㄚ
我很喜歡它。

Sangat baik.
ㄙㄢˇㄤ ㄅㄞˊ
最好不過了。

Sangat hebat.
ㄙㄢˇㄤ ㄏㄟˋˇㄅㄚˋ
太棒了。

Sangat celaka.
ㄙㄢˇㄤ ㄐㄧㄚㄉㄚㄍㄚˋ
真糟糕。

Kamu sangat pandai.
ㄍㄚㄇㄨ ㄙㄢˇㄤ ㄅㄢㄉㄞˇ
你真聰明。

Kamu sangat bodoh.
ㄍㄚㄇㄨ ㄙㄢˇㄤ ㄅㄛˇㄉㄛˋ
你真笨。

Kamu salah.
ㄍㄚㄇㄨ ㄙㄚㄉㄚˇ
你錯了。

Tidak apa apa.
ㄅㄧㄉㄚ ㄚㄅㄚ˙ ㄚㄅㄚ
沒關係。

Ini saya punya.
ー３ー╱ ム丫ー丫 ㄅㄨ３ー丫 •
這是我的。

Ini kamu punya.
ー３ー╱ ㄍ丫ㄇㄨ ㄅㄨ３ー丫 •
這是你的。

Ini dia punya.
ー３ー╱ ㄉーー丫 ㄅㄨ３ー丫 •
這是他的。

2 menit sebelumnya.
ㄅㄨ 丫 ㄇㄣ３ー ㄙㄜㄅㄜㄌㄨㄣ∨３ー丫
兩分鐘前。

Saya baru saja sampai.
ㄙ丫ー丫 ㄅ丫ㄉㄨ ㄙ丫∨ㄐー丫 ㄙㄢㄅㄞ
我剛剛到。

Ini yang saya inginkan.
ー３ーㄟ ー尢∨ ㄙ丫ー丫 ーㄣ∨ーㄣㄟㄍㄢㄟ
那正是我想要的。

Saya akan memberitahu kamu.
ㄙ丫ー丫 丫ㄍㄢ ㄇㄣ∨ㄅㄜㄉー㇀ㄚㄏㄨ ㄍ丫ㄇㄨ
我會通知你的。

Terlalu lambat.
ㄅㄜㄌ丫ㄌㄨ ㄌㄢ∨ㄅㄢㄟ
太遲了。

Terlalu malam.
ㄅㄜㄌ丫ㄌㄨ ㄇ丫∨ㄌㄢㄟ
很晚了。

Masih terlalu pagi !
ㄇ丫∨ㄒーㄟ ㄅㄜㄌ丫ㄌㄨㄟ ㄅ丫ㄍー╱
還早呢！

Saya percaya pasti dia.

ㄙㄚㄧㄚ ㄅㄜㄉㄜㄐㄧㄚㄨㄧㄚ ㄅㄚㄒㄧㄟ ㄉㄧㄧㄚ

我相信一定是他。

Dia kelihatannya sangat menarik hati.

ㄅㄧㄧㄚ ㄍㄜㄉㄧㄚㄉㄉㄌㄧㄚ ㄙㄢㄨㄤ ㄇㄣㄋㄚㄉㄧ ㄏㄚㄉㄧ

它看來很可愛。

Saya mengerti maksud kamu.

ㄙㄚㄧㄚ ㄇㄣㄨㄋㄜㄉㄜㄉㄧㄟ ㄇㄚㄙㄨㄥ ㄍㄚㄇㄨ

我明白你的意思。

Ini sangat mudah.

ㄧㄋㄧㄥ ㄙㄢㄨㄤ ㄇㄨㄉㄚ˙

這很簡單。

Dia tidak lama akan kembali.

ㄅㄧㄧㄚ ㄉㄧㄅㄚ ㄌㄚㄨㄇㄚ ㄚㄍㄢㄨ ㄍㄣㄨㄅㄚㄉㄧ

他不久會回來的。

Saya sangat gembira mengenal kamu.

ㄙㄚㄧㄚ ㄙㄢㄨㄤ ㄍㄣㄨㄅㄧㄨㄌㄚ ㄇㄣㄋㄨㄋㄜㄋㄠㄨ ㄍㄚ˙ㄇㄨ

我真高興認識你。

Merepotkan kamu , terima kasih banyak.

ㄇㄣㄉㄟㄅㄜㄍㄢ ㄍㄚㄇㄨ, ㄅㄜㄉㄧㄇㄚ ㄍㄚㄒㄧㄟ ㄅㄋㄧㄚ˙

麻煩你了,十分感謝。

Saya tidak suka memancing ikan.

ㄙㄚㄧㄚ ㄉㄧㄅㄚ ㄙㄨㄍㄚ ㄇㄣㄇㄚㄐㄧㄣㄨ ㄧㄍㄢㄨ

我不喜歡釣魚。

Saya suka warna ini.

ㄙㄚㄧㄚ ㄙㄨㄍㄚ ㄨㄚㄋㄚㄨ ㄧㄋㄧ

我喜歡這種顏色。

Saya suka mendengar musik.

ㄙㄚㄧㄚ ㄙㄨㄍㄚ ㄇㄣㄋㄣㄋㄚㄨㄉㄚ ㄇㄨ˙ㄒㄧ

我喜歡聽音樂。

Saya sangat tidak suka makanan ini.
ㄙㄚㄧㄚ ㄙㄢˇㄤ ㄉㄧㄉㄚ ㄙㄨㄍㄚˊ ㄇㄚㄍㄢˇㄋㄚˇ ㄧㄋㄧ
我很不喜歡這種食物。

Saya membenci cuaca seperti ini.
ㄙㄚㄧㄚ ㄇㄣㄅㄣˇㄐㄧ ㄓㄨㄚㄐㄧㄚ ㄙㄜㄅㄜㄌㄜㄉㄧ ㄧㄋㄧ
我討厭這種天氣。

Terima kasih , merepotkan kamu.
ㄉㄜㄌㄧㄇㄚ ㄍㄚㄒㄧˇ, ㄇㄜㄌㄟㄅㄛㄍㄢˇ ㄍㄚˇㄇㄨˋ
謝謝，麻煩你了。

Maaf , merepotkan kamu.
ㄇㄚㄚㄈㄨ˙ ，ㄇㄜㄌㄟㄅㄛㄍㄢˇ ㄍㄚㄇㄨ˙
對不起，麻煩你了。

Selamat pagi.
ㄙㄜ˙ㄉㄚˇㄇㄚˇ ㄅㄚㄍㄧˊ
早安。

Hi !
ㄏㄞˋ
嗨！

Wei.
ㄨㄟˊ
喂。

Selamat siang.
ㄙㄜㄉㄚㄇㄚ ㄒㄧㄧㄤˇ
午安。

Selamat malam.
ㄙㄜㄉㄚㄇㄚ ㄇㄚㄉㄢˇ
晚安。

Selamat tinggal.
ㄙㄜㄉㄚㄇㄚ ㄅㄧㄥㄍㄜˇ
再見。

Jaga diri.
ㄐㄧㄚㄍㄚ ㄅㄧㄉㄧ˙
保重。

Apakah kamu baik ?
ㄚㄅㄚㄍㄚ ㄍㄚㄇㄨˋ ㄅㄞˊ
你好嗎？

Sangat baik,terima kasih.
Bagaimana dengan anda ?
ㄙㄢˇㄤ ㄅㄞˊ,ㄅㄜㄉㄧㄇㄚ ㄍㄚㄒㄧ˙
ㄅㄚㄍㄟˇㄇㄚㄋㄚˋ ㄉㄥˇㄤ ㄢㄉㄚ
很好，謝謝。你好嗎？

Saya sudah lama tidak bertemu
dengan kamu.
(sudah lama tidak bertemu)
ㄙㄚㄧㄚ ㄙㄨㄉㄚ ㄉㄚˇㄇㄚˊ ㄅㄧㄅㄚ
ㄅㄛㄉㄜㄉㄙˇㄇㄨㄟ ㄉㄥㄤ ㄍㄚㄧㄇㄨ
(ㄙㄨㄉㄚ ㄉㄚˇㄇㄚˋ ㄅㄧㄅㄚ ㄅㄛㄉㄜ
ㄅㄥㄇㄨㄟ）
我很久沒有見到你了。
(久仰了。)

Kirim salam buat Mr. Brown.
ㄍㄧㄅㄧㄥ ㄙㄚㄉㄢˇ ㄨㄚˇ ㄇㄧㄙㄉㄜ
ㄅㄨㄟㄉㄤˋ
替我問候布朗先生。

Selamat !
ㄙㄜㄉㄚㄇㄚ˙
恭喜！

Semoga beruntung !
ㄙㄜㄇㄛㄍㄚ ㄅㄛㄉㄨㄣㄉㄨㄣˇ
祝你幸運！

Percakapan Mengucapkan Terima kasih

ㄅㄜㄉㄜㄒㄧㄚㄍㄚㄅㄢ ㄇㄣㄋㄨㄐㄧㄚㄍㄢ ㄉㄜㄉ
ㄧㄇㄚ ㄍㄚㄒㄧ

致謝語

Terima kasih banyak.
ㄅㄜㄉㄧㄇㄚ ㄍㄚㄒㄧ ㄅㄋㄧㄚ˙
謝謝你。

Terima kasih.
ㄅㄜㄉㄧㄇㄚ ㄍㄚㄒㄧ˙
謝謝。

Jangan malu-malu.
ㄐㄧㄤㄤ ㄇㄚㄉㄨ-ㄇㄚㄉㄨ
不必客氣。

Kembali.
ㄍㄣˇㄅㄚㄉㄧˇ
那裏，那裏。

Sangat berterima kasih.
ㄙㄢˇㄤ ㄅㄜㄉㄜㄉㄧㄇㄚ ㄍㄚㄒㄧ˙
非常感謝。

Saya benar-benar berterima kasih.
ㄙㄚㄧ ㄅㄜㄋㄚㄉㄜ-ㄅㄜㄋㄚㄉㄜ ㄅㄜㄉㄜㄉㄧㄇㄚ ㄍㄚㄒㄧ˙
我實在感激。

Saya sangat berterima kasih.
ㄙㄚㄧ ㄙㄢㄤ ㄅㄜㄉㄜㄉㄧㄇㄚ ㄍㄚㄒㄧ˙
我非常感激。

Tidak apa-apa.
ㄅㄧˊㄉㄚ ㄚㄅㄚ-ㄚㄅㄚˋ
沒那回事。

Tidak apaapa.
ㄅㄧˊㄉㄚ ㄚㄅㄚㄚㄅㄚˋ
沒有關係。

Pelajaran
07

Percakapan Dasar
ㄅㄜㄐㄧㄚㄍㄚㄎㄢ ㄉㄚㄙㄚㄌㄚ
基本用語

Jaga diri!
ㄐㄧㄚㄍㄚ ㄉㄧㄉㄧ
當心！

Hati-hati!
ㄏㄚㄉㄧ-ㄏㄚㄉㄧㄟ
小心！

Mohon untuk membantu saya.
ㄇㄛㄏㄣ ㄨㄣㄉㄨ ㄇㄣㄅㄢㄉㄨ ㄙㄚㄧㄚ
請幫助我。

Mohon untuk datang kesini.
ㄇㄛㄏㄣ ㄨㄣㄉㄨ ㄉㄚ�V ㄉㄤ ㄍㄜㄒㄧㄋㄧ
請到這裏來。

Mohon menunjukkan kepada saya.
ㄇㄛㄏㄣ ㄇㄣㄋㄨㄐㄧㄡV ㄍㄢ ㄍㄜㄅㄚㄉㄚ ㄙㄚㄧㄚ
請指給我看。

Mohon duduk.
ㄇㄛㄏㄣ ㄉㄨㄉㄨ•
請坐。

Mohon tunggu sebentar.
ㄇㄛㄏㄣ ㄉㄨㄣㄍㄨ ㄙㄜ•ㄅㄣㄉㄚㄉㄚ
請等一會兒。

Saya harus cepat sedikit.
ㄙㄚㄧㄚ ㄏㄚㄉㄨㄙ ㄓㄜㄅㄚ ㄙㄜㄉㄧㄍㄧ
我得快點。

28

Mari kita pergi.
ㄇㄚㄌㄧ ㄍㄧㄉㄚ ㄅㄜㄌㄜㄍㄧ˙
我們走吧。

Apakah benar ?
ㄚㄅㄚㄍㄚ ㄅㄜㄋㄚˊㄌㄜ
真的嗎？

Saya mengerti.
ㄙㄚㄧㄚ ㄇㄣˇㄦㄌㄜㄉㄧˋ
我明白了。

Benar.
ㄅㄜㄋㄚˇㄌㄜ
對。

Apakah begini boleh ?
ㄚㄅㄚㄍㄚ ㄅㄜㄍㄧㄋㄧ ㄅㄛˇㄌㄟˊ
這樣可以嗎？

Jangan terlalu memusingkan hal ini.
ㄐㄧㄤㄤ ㄉㄜㄌㄚㄌㄨ ㄇㄜㄇㄨㄒㄧㄣㄍㄢ ㄏㄚ ㄧㄋㄧˇ
不必為它煩惱。

Saya mempunyai kesulitan.
ㄙㄚㄧㄚ ㄇㄣㄅㄨㄧㄚˇㄧ ㄍㄜㄙㄨㄌㄧㄉㄢˋ
我有一個難題。

Saya merasa sangat baik.
ㄙㄚㄧㄚ ㄇㄜㄌㄚㄙㄚ ㄙㄢˇㄤ ㄅㄞˊ
我覺得很好。

Saya merasa tidak sehat.
ㄙㄚㄧㄚ ㄇㄜㄌㄚㄙㄚ ㄉㄧㄉㄚ ㄙㄟㄏㄚ˙
我覺得不太舒服。

Apakah kamu suka minum kopi ?
ㄚㄅㄚㄍㄚ ㄍㄚㄇㄨ ㄙㄨㄍㄚ ㄇㄧㄋㄨ ㄍㄛˇㄅㄧ
你喜歡咖啡嗎？

Ya , saya suka.
ㄧㄚˊ ㄙㄚㄧㄚ ㄙㄨㄍㄚˇ
是的,我喜歡。

Tidak , saya tidak suka.
ㄅㄧㄅㄚ, ㄙㄚㄧㄚ ㄅㄧㄅㄚ ㄙㄨㄍㄚ·
不,我不喜歡。

Apa yang terjadi ?
ㄚㄅㄚ ㄧㄤˇ ㄅㄜㄐㄧㄚˊㄉㄧ
怎麼回事?

Kamu orang mana ?
ㄍㄚㄇㄨ ㄛˇㄌㄤˇ ㄇㄚㄋㄚ
妳是哪裏人?

Saya penduduk New York.
ㄙㄚㄧㄚ ㄅㄣˇㄅㄨㄅㄨ ㄋㄩ ㄧㄡㄎ·
我是紐約人。

Toilet lelaki dimana ?
ㄅㄨㄟㄅㄜ ㄅㄜㄅㄚㄍㄧˊ ㄉㄧㄇㄚㄋㄚ
男洗手間在哪兒?

Toilet wanita dimana ?
ㄅㄨㄟㄅㄜ ㄨㄚㄋㄧˊㄅㄚ ㄉㄧㄇㄚㄋㄚ
女洗手間在哪兒?

Bahasa Yang Sering Digunakan

ㄅㄚㄏㄚㄙㄚ ㄧㄤˇ ㄙㄜㄉㄧㄥ ㄉㄧㄍㄨㄋㄚㄍㄢˇ

其他習慣用語

MP3 08

Mohon memberikan saya sedikit air ya ?
ㄇㄛㄏㄣ ㄇㄣㄅㄨㄉㄧㄍㄢˇ ㄙㄚㄧㄚ ㄙㄜㄉㄧㄍˇㄧ ㄞㄌㄜ ㄧㄚˊ
請給我一點水，好嗎？

Saya ingin minum (sedikit air).
ㄙㄚㄧㄚ ㄧㄣˇㄧㄣ ㄇㄧㄋㄨㄣˋ (ㄙㄜㄉㄧㄍˇㄧ ㄞㄌㄜ)
我想喝（些水）。

Apakah kamu ingin minum (teh) ?
ㄚㄅㄚㄍˇㄚ ㄍㄚㄇㄨ ㄧㄣㄧㄣˇ ㄇㄧㄋㄨㄣˋ (ㄉㄟˊ)
你想喝（茶）嗎？

Baik , terima kasih banyak.
ㄅㄞˊ, ㄉㄜㄉㄧㄇㄚ ㄍㄚㄒㄧ ㄅㄋㄧㄤˇ
好，謝謝您。

Tidak , tidak usah.
ㄉㄧㄉㄚ, ㄉㄧㄉㄚ ㄨㄙㄚˋ
不，不用了。

Apakah saya dapat meminjam pen kamu ?
ㄚㄅㄚㄍˇㄚ ㄙㄚㄧㄚ ㄉㄚㄅㄚ ㄇㄣㄇㄧㄣˇㄐㄧㄚ ㄅㄣˋ ㄍㄚㄇㄨ
我可以借用你的筆嗎？

Saya memerlukan perban.
ㄙㄚㄧㄚ ㄇㄛㄇㄣㄌㄨㄍㄢ ㄅㄜㄉㄜㄅㄢˋ
我需要一條繃帶。

Apakah kamu sudah siap ?
ㄚㄅㄚㄍˇㄚ ㄍㄚㄇㄨ ㄙㄨㄉㄚ ㄒㄧˇㄧㄚˊ
你準備好了嗎？

Apakah kamu pikir begitu benar?

ㄚㄅㄚㄍㄚ ㄍㄚㄇㄨ ㄅㄧㄍㄧㄉㄜ ㄅㄜㄍㄧㄉㄨ ㄅㄜㄋㄚㄌㄜ

你認為這樣對嗎?

Saya pikir iya.

ㄙㄚㄧㄚ ㄅㄧㄍㄧㄉㄜ ㄧㄧㄚ

我想是的。

Saya tidak berpikir demikian.

ㄙㄚㄧㄚ ㄉㄧㄉㄚ ㄅㄜㄅㄧㄍㄧㄉㄜ ㄉㄜㄇㄧㄍㄧㄥㄢ

我不以為然。

Saya tidak tahu.

ㄙㄚㄧㄚ ㄉㄧㄉㄚ ㄉㄚ・ㄏㄨㄟ

我不知道。

Mengalami Kesulitan Dalam berkomunikasi

ㄇㄣㄤㄉㄚㄇㄧ ㄍㄜㄙㄨㄉㄧㄅㄢ ㄉㄚㄌㄢ
ㄅㄛㄉㄜㄍㄛㄇㄨㄋㄧㄍㄚㄒㄧ·

溝通意見的困難

Apakah kamu dapat berbahasa mandarin ?
ㄚㄅㄚㄍㄚ ㄍㄚㄇㄨ ㄉㄚㄅㄚ ㄅㄜㄉㄜㄅㄚㄏㄚㄙㄚ ㄇㄢㄉㄚˇㄌㄧㄣˊ
你會說中國話嗎?

Apakah disini ada orang yang dapat berbahasa mandarin ?
ㄚㄅㄚㄍㄚ ㄉㄧㄒㄧㄋㄧˇ ㄚㄅㄚ ㄛㄉㄤ ㄧㄤˇ ㄉㄚㄅㄚ
ㄅㄜㄉㄜㄅㄚㄏㄚㄙㄚ ㄇㄢㄉㄚˇㄌㄧㄣˊ
這裏有人會說中國話嗎?

Saya hanya sedikit dapat berbicara bhs. Indonesia ?
ㄙㄚㄧㄚ ㄏㄚㄧㄚ ㄙㄨˇㄉㄧㄍㄧ ㄉㄚㄅㄚ ㄅㄜㄅㄧㄐㄧㄚㄉㄚ
ㄅㄚㄏㄚㄙㄨ ㄧㄣˋㄉㄨㄟˊㄋㄧㄒㄧㄧㄚ
我只會說一點點印尼語。

Apakah kamu mengerti ?
ㄚㄅㄚㄍㄚ ㄍㄚㄇㄨ ㄇㄣˇㄉㄜㄉㄧˊ
你懂嗎?

Mohon berbicara lambat sedikit.
ㄇㄛㄏㄣ ㄅㄜㄅㄧㄐㄧㄚㄉㄚ ㄌㄢˇㄅㄚ ㄙㄜㄉㄧㄍㄧ
請說得慢一點。

Maaf , saya tidak mengerti.
ㄇㄚㄚㄈㄨ·, ㄙㄚㄧㄚ ㄉㄧㄉㄚ ㄇㄣˇㄦㄉㄜㄉㄧˋ
抱歉。我不懂。

Mohon memaafkan saya.
ㄇㄛㄏㄣ ㄇㄣˇㄇㄚㄚㄈㄨㄍㄢ ㄙㄚㄧㄚ
請你原諒我。

Mohon untuk mengulangi sekali lagi.
ㄇㄜㄏㄣ ㄨㄣㄥㄅㄨ ㄇㄣㄍㄨㄚㄉㄚㄋㄧ ㄙㄜㄍㄚㄌㄧ ㄌㄚㄍㄧ
請再說一遍。

Mohon menggantikan saya menulis.
ㄇㄜㄏㄣ ㄇㄜㄍㄅㄍㄧㄍㄅ ㄙㄚㄧㄚ ㄇㄣㄋㄨㄌㄥ．
請替我寫下來。

Apa itu artinya ?
ㄚㄅㄚ ㄧㄅㄨㄟ ㄚㄌㄜㄌㄧㄣㄧㄚ
那是什麼意思？

Tutur Kata Yang Sopan
ㄎㄜㄎㄨㄉㄜ ㄍㄚㄅㄚ ㄧㄤˇ ㄙㄛㄅㄢˇ

客氣用語

MP3 10

Minta Maaf.
ㄇㄧㄣㄉㄚ ㄇㄚㄚㄈㄨ•
對不起。

Maafkan saya.
ㄇㄚㄚㄈㄨ•ㄍㄢˇ ㄙㄚㄧㄚ
原諒我。

Maaf.
ㄇㄚㄚㄈㄨ•
抱歉。

Saya merasa sangat bersalah.
ㄙㄚㄧㄚ ㄇㄜㄉㄚㄙㄚ ㄙㄢˇㄤ ㄅㄜㄙㄚㄉㄚˇ
我非常抱歉。

Mohon untuk memaafkan saya.
ㄇㄛㄏㄣ ㄨㄣˇㄉㄨ ㄇㄜㄇㄚㄚㄈㄨ•ㄍㄢ ㄙㄚㄧ
請原諒我。

Sangat celaka.
ㄙㄢˇㄤ ㄐㄧㄚㄉㄚㄍㄚˋ
那太糟了。

Saya benar-benar merasa sangat bersalah.
ㄙㄚㄧㄚ ㄅㄜㄋㄚㄉㄚ-ㄅㄜㄋㄚㄉㄜ ㄇㄜㄉㄚㄙㄚ ㄙㄢㄤ ㄅㄜㄙㄚㄉㄚˇ
我實在很抱歉。

Masalah tadi benar-benar tidak dapat dimaafkan.
ㄇㄚㄙㄚˇㄉㄚ ㄉㄚㄉㄧ ㄅㄜㄋㄚㄉㄜ-ㄅㄜㄋㄚㄉㄜ ㄉㄧㄉㄚ
ㄉㄚˇㄅㄚ ㄉㄧㄇㄚㄚㄈㄨㄍㄢ
剛才的事情實在不可原諒。

Tidak apa-apa.
ㄅㄧㄉㄚ ㄚㄅㄚˇ-ㄚㄅㄚˊ
沒有關係。

Silahkan./Mohon.
ㄒㄧㄉㄚㄍㄢˋ/ ㄚㄅㄠ ㄇㄛㄏㄣˋ
請。

Merepotkan anda benar......
ㄇㄛㄉㄟㄅㄛㄍㄢˇ ㄅㄧㄉㄚ ㄅㄜㄋㄚㄉㄜ
勞駕您......

Tentu saja bersedia.
ㄅㄣㄉㄨ ㄙㄚㄐㄧㄚ ㄅㄜㄉㄜㄙㄜㄅㄧㄧㄚ
當然願意。

Maaf mengganggu kamu.
ㄇㄚㄚㄈㄨ • ㄇㄣㄍㄢㄍㄨˇ ㄍㄚㄇㄨ
對不起要打擾你了。

Maaf merepotkan kamu , karena (tapi) ...
ㄇㄚㄚㄈㄨ • ㄇㄛㄉㄟㄅㄛㄍㄢˇ ㄍㄚㄇㄨ, ㄍㄚㄉㄜˇㄋㄚ(ㄅㄚㄅㄧㄧˇ)
對不起要麻煩你了，因為（不過）...

Kamu sangat baik.
ㄍㄚㄇㄨ ㄙㄢˇㄤ ㄅㄞˊ
你實在太好了。

Saya sangat berterima kasih atas kebaikan kamu terhadap saya.
ㄙㄚㄧㄚ ㄙㄢˇㄤ ㄅㄜㄉㄜㄉㄧㄇㄚ ㄍㄚㄙㄧ ㄚㄅㄚㄙ
ㄍㄜㄅㄞˊㄍㄢ ㄍㄚㄇㄨ ㄅㄜㄉㄜㄉㄛㄏㄚㄉㄚ ㄙㄚㄅˇㄧㄚ
我很感激你對我這麼好。

Saya perkenalkan nona Brown.
ㄙㄚㄧㄚ ㄅㄜㄍㄜㄋㄠˇㄍㄢˇ ㄋㄛㄋㄚ ㄅㄜㄉㄤˇ
我來介紹布朗小姐。

Apakah kamu baik ? saya sangat senang dapat bertemu kamu.
ㄚㄅㄚㄍㄚ ㄍㄚㄇㄨ ㄅㄞˊ?ㄙㄚㄧㄚ ㄙㄢˇㄤ ㄙㄜㄋㄢˇ ㄉㄚㄅㄚ
ㄅㄜㄉㄜㄇㄨˇ ㄍㄚㄇㄨ
你好嗎？我很高興見到你。

Pelajaran 11

Bertanya
ㄈㄜㄉㄜㄉㄌㄧㄚˇ
訪問

Jika ada waktu mari datang bermain.
ㄐㄧㄍㄚ ㄚㄉㄚ ㄨㄚˇㄉㄨ ㄇㄚㄌㄧ ㄉㄚㄉㄤˇ ㄅㄜㄉㄜㄇㄚㄧㄣˇ
有空請來玩。

Terima kasih banyak , saya akan datang.
ㄅㄜㄉㄧㄇㄚ ㄍㄚㄒㄧ ㄅㄌㄧㄚˇ, ㄙㄚㄧㄚ ㄚㄍㄢˇ ㄉㄚㄉㄤ
謝謝你。我會來的。

Apakah kamu bersedia datang melihat saya minggu depan ?
ㄚㄅㄚㄍㄚ ㄍㄚㄇㄨ ㄅㄜㄉㄜㄙㄜㄉㄧㄧㄚˊ ㄉㄚㄉㄤ ㄇㄜㄉㄧㄏㄚ
ㄙㄚㄧㄚ ㄇㄧㄣˇㄍㄨ ㄉㄜㄅㄢˇ
下星期天你願意來看我們嗎？

Terima kasih banyak , saya bersedia.
ㄅㄜㄉㄧㄇㄚ ㄍㄚㄒㄧ ㄅㄌㄧㄚˇ, ㄙㄚㄧㄚ ㄅㄜㄉㄜㄙㄜㄉㄧㄧㄚˇ
謝謝你。我願意的。

Saya sangat mengharapkan hari itu datang.
ㄙㄚㄧㄚ ㄙㄢˇㄜ ㄇㄣㄏㄚㄉㄚㄍㄢ ㄏㄚㄉㄧ ㄧㄉㄨ ㄉㄚㄉㄤˋ
我盼望那一天的來臨。

Maaf , hari minggu saya tidak punya waktu.
ㄇㄚㄚㄈㄨ•, ㄏㄚㄉㄧ ㄇㄧㄣˇㄍㄨ ㄙㄚˇㄧㄚ ㄉㄧㄉㄚ ㄅㄨㄣˇㄧㄚ ㄨㄚ
ㄉㄨ
抱歉，星期天我沒空。

Wei!
ㄨㄟˋ
喂！

Selamat datang.
ㄙㄜㄌㄚㄇㄚ ㄉㄚㄅㄤ˅
歡迎。

Silahkan masuk.
ㄒㄧㄌㄚㄍㄢ ㄇㄚㄙㄨㄟ
請進來。

Silahkan berjalan dari sini.
ㄙㄧㄌㄚㄍㄢ ㄅㄜㄜㄐㄧㄚㄌㄢ ㄉㄚㄌㄧ ㄒㄧㄋㄧ˅
請從這邊走。

Saya membantu anda mengambil mantel ya?
ㄙㄚㄧㄚ ㄇㄣ˅ㄅㄢˊㄉㄨ ㄋㄉㄚ ㄇㄣㄢ˅ㄅㄧㄡ ㄇㄣㄅㄜ ㄧㄚˊ
我替你拿外套，好嗎？

Jangan merasa riskan.
ㄐㄧㄤㄤ ㄇㄣㄉㄚㄙㄚ ㄌㄧㄙ•ㄍㄢ˅
請不要拘束。

Silahkan mencicipi sedikit makanan.
ㄒㄧㄌㄚㄍㄢ ㄇㄣㄐㄧ˅ㄐㄧㄅㄧ ㄙㄜㄉㄧㄍㄧ ㄇㄚㄍㄚㄋㄢ˅
請吃點東西。

(makan sebanyaknya) masih sangat banyak loh!
（ㄇㄚㄍㄢ ㄙㄜㄅㄢ˅ㄧㄚ•ㄧㄤ˅）ㄇㄚㄒㄧ ㄙㄢ˅ㄤ ㄅㄢ˅ㄧㄚ ㄌㄛˊ
（儘量吃）有很多呢！

Kelihatannya sangat baik.
ㄍㄜㄌㄧㄏㄚㄉㄢ˅ㄧㄚˊ ㄙㄢ˅ㄤ ㄅㄞˊ
那看起來很好。

Tadinya sangat baik.
ㄅㄚㄉㄧㄧㄚˊ ㄙㄢ˅ㄤ ㄅㄞˊ
那本來是很好的。

Sekarang saya harus pergi.
ㄙㄜㄍㄚㄉㄤˊ ㄙㄚㄧㄚ ㄏㄚㄉㄜㄙㄜ˙ ㄅㄜㄉㄜㄍㄧˊ
現在我得走了。

Terima kasih atas kedatangan kamu.

ㄉㄜㄌㄧㄇㄚ ㄍㄚㄒㄧ ㄚㄉㄚㄙ ㄍㄜㄉㄚㄉㄢㄥˇㄤ ㄍㄚㄇㄨ

謝謝你光臨。

Terima kasih banyak . Saya bermain dengan sangat gembira.

ㄉㄜㄌㄧㄇㄚ ㄍㄚㄒㄧ ㄅㄌㄧㄚˇㄚˇ. ㄙㄚㄧㄚ ㄅㄜㄌㄜㄇㄚˇㄧㄣˊ
ㄉㄥˇㄤˇ ㄙㄢˇㄤ ㄍㄣˇㄅㄧㄌㄚˇ

謝謝你。我玩得很愉快。

Terima kasih banyak atas jamuan hangatnya.

ㄉㄜㄌㄧㄇㄚ ㄍㄚㄒㄧ ㄅㄌㄧㄚˇㄚˇ ㄚㄉㄚㄙ ㄐㄧㄚㄇㄨㄝˇㄢˇ ㄏㄢˇㄤˇㄧㄚ

謝謝你熱忱的招待。

Mohon datang lagi.

ㄇㄜㄏㄣ ㄉㄚㄉㄤˇ ㄌㄚㄍㄧˊ

請再來。

Pelajaran 12

Hitungan
ㄏ一ㄅㄨ ㄌㄢˇ
數字

Nol
ㄋㄛˋ
零

Satu
ㄙㄚㄅㄨˋ
一

Dua
ㄅㄨ ㄚˊ
二

Tiga
ㄅㄧㄍㄚˇ
三

Empat
ㄣㄅㄚˇ
四

Lima
ㄌㄧㄇㄚˇ
五

Enam
ㄣㄋㄢˇ
六

Tujuh
ㄅㄨㄐㄧㄩˇ
七

Delapan
ㄅㄜㄌㄚㄅㄢˇ
八

Sembilan
ㄙㄣˇㄅㄧㄌㄢˇ
九

Sepuluh
ㄙㄜㄅㄨㄌㄨˇ
十

Sebelas
ㄙㄜㄅㄜㄌㄚˇㄙ・
十一

Dua belas
ㄅㄨㄨㄚ ㄅㄜㄌㄚˇㄙ・
十二

Tiga belas
ㄅㄧㄍㄚˇ ㄅㄜㄌㄚˇㄙ・
十三

Empat belas
ㄣˇㄅㄚ ㄅㄜㄌㄚˇㄙ・
十四

Lima belas
ㄌㄧㄇㄚ ㄅㄜㄌㄚˇㄙ・
十五

Enam belas
ㄋㄖㄚˇ ㄅㄛㄌㄚˇㄙ˙
十六

Tujuh belas
ㄅㄨㄐㄧㄩˇ ㄅㄛㄌㄚˇㄙ˙
十七

Delapan belas
ㄅㄜㄌㄚㄅㄢ ㄅㄛㄌㄚˇㄙ˙
十八

Sembilan belas
ㄙㄣㄅㄧˊㄌㄢ ㄅㄛㄌㄚˇㄙ˙
十九

Dua puluh
ㄅㄨㄨㄚ ㄅㄨㄌㄨˇ
二十

Dua puluh satu
ㄅㄨㄨㄚ ㄅㄨㄌㄨˇ ㄙㄚㄅㄨˋ
二十一

Dua puluh dua
ㄅㄨㄨㄚ ㄅㄨㄌㄨ ㄅㄨㄨㄚˇ
二十二

Dua puluh tiga
ㄅㄨㄨㄚ ㄅㄨㄌㄨ ㄅㄧㄍㄚˇ
二十三

Dua puluh empat
ㄅㄨㄨㄚ ㄅㄨㄌㄨ ㄣㄅㄚˇ
二十四

Dua puluh lima
ㄅㄨㄨㄚ ㄅㄨㄌㄨ ㄌㄧㄇㄚˇ
二十五

Dua puluh enam
ㄅㄨㄨㄚ ㄅㄨㄌㄨ ㄋㄖㄢˇ
二十六

Dua puluh tujuh
ㄅㄨㄨㄚ ㄅㄨㄌㄨ ㄅㄨㄐㄧㄩˇ
二十七

Dua puluh delapan
ㄅㄨㄨㄚ ㄅㄨㄌㄨ ㄅㄜㄌㄚㄅㄢˇ
二十八

Dua puluh sembilan
ㄅㄨㄨㄚ ㄅㄨㄌㄨ ㄙㄣˇㄅㄧㄌㄢˇ
二十九

Tiga puluh
ㄅㄧㄍㄚ ㄅㄨㄌㄨˇ
三十

Empat puluh
ㄣˇㄅㄚ ㄅㄨㄌㄨˇ
四十

Lima puluh
ㄌㄧㄇㄚ ㄅㄨㄌㄨˇ
五十

Enam puluh
ㄋㄢˇ ㄅㄨㄌㄨˇ
六十

Tujuh puluh
ㄅㄨㄐㄧㄩˇ ㄅㄨㄌㄨˇ
七十

Delapan puluh
ㄅㄜㄌㄚㄅㄢ ㄅㄨㄌㄨˇ
八十

Sembilan puluh
ㄙㄣㄅㄧㄌㄢ ㄅㄨㄌㄨˇ
九十

Seratus
ㄙㄜㄌㄚㄅㄨㄟㄙ•
一百

Seratus satu
ㄙㄜㄌㄚㄅㄨㄟㄙ• ㄙㄚㄅㄨㄟ
一百零一

Seratus dua
ㄙㄜㄌㄚㄅㄨㄙ ㄅㄨㄨㄚˊ
一百零二

Seratus sepuluh
ㄙㄜㄌㄚㄅㄨ ㄙㄜㄅㄨㄌㄨˇ
一百一十

Seratus sebelas
ㄙㄜㄌㄚㄅㄨ ㄙㄜㄅㄜㄌㄚˇㄙ
一百一十一

Seratus dua belas
ㄙㄜㄌㄚㄅㄨㄙ ㄅㄨㄨㄚ ㄅㄜㄌㄚˇㄙ•
一百一十二

Seratus dua puluh
ㄙㄜㄌㄚㄅㄨㄙ ㄅㄨㄨㄚ ㄅㄨㄌㄨˇ
一百二十

Dua ratus
ㄅㄨㄨㄚ ㄌㄚㄅㄨㄟㄙ
兩百

Dua ratus satu
ㄅㄨㄨㄚ ㄌㄚㄅㄨㄟ ㄙㄚㄅㄨㄟ
兩百零一

Dua ratus dua
ㄉㄨㄨㄚ ㄉㄚㄉㄨㄇㄟㄥ ㄉㄨㄨㄚ
兩百零二

Dua ratus sepuluh
ㄉㄨㄨㄚ ㄉㄚㄉㄨ ㄙㄜㄅㄨㄉㄨˇ
兩百一十

Dua ratus sebelas
ㄉㄨㄨㄚ ㄉㄚㄉㄨ ㄙㄜㄅㄜㄉㄚˇㄙ
兩百一十一

Dua ratus dua belas
ㄉㄨㄨㄚ ㄉㄚㄉㄨㄥ ㄉㄨㄨㄚ ㄅㄜㄉㄚˇㄙ
兩百一十二

Dua ratus dua puluh
ㄉㄨㄨㄚ ㄉㄚㄉㄨㄥ ㄉㄨㄨㄚ ㄅㄨㄉㄨ
兩百二十

Tiga ratus
ㄉㄧㄍㄚ ㄉㄚㄉㄨㄟㄥ
三百

Empat ratus
ㄣˇㄅㄚ ㄉㄚㄉㄨㄟㄥ
四百

Lima ratus
ㄌㄧㄇㄚ ㄉㄚㄉㄨㄟㄥ
五百

Enam ratus
ㄣˇㄋㄢˇ ㄉㄚㄉㄨㄟㄥ
六百

Tujuh ratus
ㄉㄨㄐㄧㄩˇ ㄉㄚㄉㄨㄟㄥ
七百

Delapan ratus
ㄅㄜㄉㄚㄅㄢˋ ㄉㄚㄉㄨㄟㄥ
八百

Sembilan ratus
ㄙㄣˇㄅㄧㄌㄢ ㄉㄚㄉㄨㄟㄥ
九百

Seribu
ㄙㄜㄌㄧㄅㄨㄟ
一千

Seribu satu
ㄙㄜㄌㄧㄅㄨㄟ ㄙㄚㄉㄨㄟ
一千零一

Sepuluh ribu
ㄙㄜㄅㄨㄉㄨ ㄌㄧㄅㄨㄟ
一萬

Seratus ribu
ㄙㄜㄉㄚㄉㄨㄥ ㄌㄧㄅㄨㄟ
十萬

Satu juta
ㄙㄚㄉㄨ ㄐㄧㄩㄉㄚㄟ
一百萬

Sepuluh juta
ㄙㄜㄅㄨㄉㄨ ㄐㄧㄩㄉㄚㄟ
一千萬

1 milyar
ㄙㄚㄉㄨ ㄇㄧㄉㄧㄧㄚˇ
一億

Pelajaran 13

Waktu
ㄨㄚㄅㄨ・
時間

Pagi hari
ㄅㄚㄍㄧˊ ㄏㄚㄉㄧˇ
上午

Selamat pagi
ㄙㄜㄉㄚㄇㄚ ㄅㄚㄍㄧˊ
早安

Jam 6 pagi
ㄐㄧㄤ ㄅㄣㄋㄢ ㄅㄚㄍㄧˊ
早上六點

Jam 7 pagi
ㄐㄧㄤ ㄅㄨㄐㄧㄩ ㄅㄚㄍㄧˊ
早上七點

Jam 8 pagi
ㄐㄧㄤ ㄅㄜㄉㄚㄅㄣ ㄅㄚㄍㄧˊ
早上八點

Jam 9 pagi
ㄐㄧㄤ ㄙㄣˇㄅㄧㄉㄢ ㄅㄚㄍㄧˊ
早上九點

Jam 10 pagi
ㄐㄧㄤ ㄙㄜㄅㄨㄉㄨ ㄅㄚㄍㄧˊ
早上十點

Jam 11 pagi
ㄐㄧㄤ ㄙㄜㄅㄜㄉㄚㄙ ㄅㄚㄍㄧˊ
早上十一點

Siang hari
ㄒㄧㄤ ㄏㄚㄉㄧˇ
中午

Jam 12 siang hari
ㄐㄧㄤ ㄅㄨㄟㄨㄚˇ ㄅㄜㄉㄚ ㄒㄧㄤ ㄏㄚㄉㄧ
中午十二點

Sore hari
ㄙㄜㄉㄟ ㄏㄚㄉㄧˇ
下午

Selamat siang
ㄙㄜㄉㄚㄇㄚ ㄒㄧㄤˇ
午安

Jam 1 sore
ㄐㄧㄤˇ ㄙㄚㄅㄨ ㄙㄜㄉㄟˇ
下午一點

Jam 2 sore
ㄐㄧㄤˇ ㄅㄨㄨㄚ ㄙㄜㄉㄟˇ
下午兩點

Jam 3 sore
ㄐㄧㄤˇ ㄅㄧㄍㄚ ㄙㄜㄉㄟˇ
下午三點

Jam 4 sore
ㄐㄧㄤˇ ㄣㄅㄚ ㄙㄜㄉㄟˇ
下午四點

Jam 5 sore
ㄐㄧㄤˇ ㄉㄧㄇㄚ ㄙㄛㄉㄟˇ
下午五點

Jam 6 sore
ㄐㄧㄤˇ ㄅㄋㄢ ㄙㄛㄉㄟˇ
下午六點

Malam hari
ㄇㄚㄉㄢˇ ㄏㄚㄉㄧˇ
晚上

Selamat malam
ㄙㄛㄉㄚㄇㄚ ㄇㄚㄉㄢˇ
晚安

Jam 7 malam
ㄐㄧㄤˇ ㄅㄨㄐㄧㄩ ㄇㄚㄉㄢˇ
晚上七點

Jam 8 malam
ㄐㄧㄤˇ ㄅㄜㄉㄚㄅㄢ ㄇㄚㄉㄢˇ
晚上八點

Jam 9 malam
ㄐㄧㄤˇ ㄙㄋˇㄅㄧㄉㄢ ㄇㄚㄉㄢˇ
晚上九點

Jam 10 malam
ㄐㄧㄤˇ ㄙㄛˇㄅㄨㄉㄨ ㄇㄚㄉㄢˇ
晚上十點

Jam 11 malam
ㄐㄧㄤˇ ㄙㄋˇㄅㄜㄉㄚㄙ ㄇㄚㄉㄢˇ
晚上十一點

Tengah malam
ㄅㄋㄤ ㄇㄚㄉㄢˇ
午夜

Selamat malam
ㄙㄛㄉㄚㄇㄚ ㄇㄚㄉㄢˇ
晚安

Jam 12 tengah malam
ㄐㄧㄤ ㄅㄨ ㄚ ㄅㄜㄉㄚㄙˇ ㄅㄋㄤ
ㄇㄚㄉㄢˇ
午夜十二點

Jam 1 dini hari
ㄐㄧㄤ ㄙㄚㄅㄨ ㄅㄧㄋㄧ ㄏㄚㄉㄧˇ
凌晨一點

Jam 2 dini hari
ㄐㄧㄤ ㄅㄨㄨㄚ ㄅㄧㄋㄧ ㄏㄚㄉㄧˇ
凌晨兩點

Jam 3 dini hari
ㄐㄧㄤ ㄅㄧㄍㄚ ㄅㄧㄋㄧ ㄏㄚㄉㄧˇ
凌晨三點

Jam 4 dini hari
ㄐㄧㄤ ㄋㄅㄚ ㄅㄧㄋㄧ ㄏㄚㄉㄧˇ
凌晨四點

Jam 5 dini hari
ㄐㄧㄤ ㄉㄧㄇㄚ ㄅㄧㄋㄧ ㄏㄚㄉㄧˇ
凌晨五點

Jam berapa？
ㄐㄧㄤ ㄅㄜㄌㄚㄅㄚˇ
幾點了？

Jam 3 lewat 5 menit
ㄐㄧㄤ ㄅㄧㄍㄚ ㄌㄟㄨㄚ ㄌㄧㄇㄚ ㄇㄜㄋㄧˇ
三點五分

Jam 3 lewat 20 menit
ㄐㄧㄤ ㄅㄧㄍㄚ ㄌㄟㄨㄚ ㄅㄨㄨㄚ ㄅㄨㄌㄨ ㄇㄜㄋㄧˇ
三點二十分

Jam 4 lewat 15 menit
ㄐㄧㄤ ㄣㄅㄚ ㄌㄟㄨㄚ ㄌㄧㄇㄚ ㄅㄜㄌㄚㄥ ㄇㄜㄋㄧˇ
四點十五分

Jam 5 lewat 30 menit
ㄐㄧㄤ ㄌㄧㄇㄚ ㄌㄟㄨㄚ ㄅㄧㄍㄚˇ ㄅㄨㄌㄨ ㄇㄜㄋㄧˇ
五點三十分

Jam setengah enam
ㄐㄧㄤ ㄙㄜㄌㄣㄚ ㄣㄋㄣˇ
五點半

Jam 6 lewat 35 menit
ㄐㄧㄤ ㄣㄋㄢˇ ㄌㄟㄨㄚ ㄅㄧㄍㄚ ㄅㄨㄌㄨ ㄌㄧㄇㄚ ㄇㄜㄋㄧ
六點三十五分

Jam 7 lewat 45 menit
ㄐㄧㄤ ㄅㄨㄟㄐㄧㄩ ㄌㄟㄨㄚ ㄣˇㄣㄚ ㄅㄨㄌㄨ ㄌㄧㄇㄚ ㄇㄜㄋㄧ
七點四十五分

Jam 8 lewat 55 menit
ㄐㄧㄤ ㄅㄜㄌㄚㄅㄢ ㄌㄟㄨㄚ ㄌㄧㄇㄚ ㄅㄨㄌㄨ ㄌㄧㄇㄚ ㄇㄜㄋㄧ
八點五十五分

Jam 9 kurang 5 menit
ㄐㄧㄤ ㄙㄣˇㄅㄧㄌㄢˇ ㄍㄨㄌㄢ ㄌㄧㄇㄚ ㄇㄜㄋㄧ
差五分九點

Kalender
ㄍㄚㄌㄣˇㄅㄜㄌㄜ
月曆

Tahun
ㄅㄚㄏㄨㄣˋ
年

Bulan
ㄅㄨㄌㄢˇ
月

Tgl
ㄅㄢㄍㄡˇ
日

Hari
ㄏㄚㄌㄧˇ
星期

Hari minggu
ㄏㄚㄌㄧ ㄇㄧㄣㄍㄨˇ
星期日

Hari senin
ㄏㄚㄌㄧ ㄙㄣㄋㄧㄣˇ
星期一

Hari selasa
ㄏㄚㄌㄧ ㄙㄜˇㄌㄚㄙㄚˋ
星期二

Hari rabu
ㄏㄚㄌㄧ ㄌㄜㄌㄚㄅㄨˋ
星期三

Hari kamis
ㄏㄚㄌㄧ ㄍㄚㄇㄧ‧ㄙ
星期四

Hari jumat
ㄏㄚㄌㄧ ㄐㄩㄥㄚ‧
星期五

Hari sabtu
ㄏㄚㄌㄧ ㄙㄚㄅㄨˋ
星期六

Januari
ㄐㄧㄤㄋㄨㄨㄚㄌㄧˋ
一月

Febuari
ㄈㄟㄅㄨˋㄨㄚㄌㄧˋ
二月

Maret
ㄇㄚㄌㄜ
三月

April
ㄚㄅㄌㄟˋㄜ
四月

Mei
ㄇㄟˋ
五月

Juni
ㄐㄧㄩㄋㄧㄧˇ
六月

Juli
ㄐㄧㄩㄌㄧㄧˇ
七月

Agustus
ㄚㄍㄨㄙ・ㄉㄨㄟㄙ
八月

September
ㄙㄜ・ㄉㄣㄅㄜㄉㄜ・
九月

Oktober
ㄛㄉㄛㄅㄜㄉㄜ
十月

Nopember
ㄋㄛㄅㄣㄅㄜㄉㄜ
十一月

Desember
ㄉㄟㄙㄅㄣㄅㄜㄉㄜ
十二月

Hari ini tgl dan bulan berapa ?
ㄏㄚㄌㄧ ㄧㄋㄧˇ ㄉㄤㄍㄡˇ ㄉㄢˇ ㄅㄨㄟㄌㄢˇ ㄅㄜㄉㄚˇˇㄅㄚ
今天幾月幾日？

Hari ini senin , tgl 1 Januari.
ㄏㄚㄌㄧ ㄧㄋㄧˇ ㄙㄣㄋㄧㄥ, ㄉㄤㄍㄡˇ ㄙㄚㄉㄨ
ㄐㄧㄤㄋㄨˇㄨㄚㄌㄧˇ
今天星期一，一月一日。

Hari ini minggu , tgl 31 Juli.
ㄏㄚㄌㄧ ㄧㄋㄧˇ ㄇㄧㄣㄍㄨˇ,
ㄉㄤㄍㄡˇ ㄉㄧㄍㄚ ㄅㄨㄌㄨ ㄙㄚㄉㄨ ㄐㄧㄩㄌㄧˇ
今天星期日，七月三十一日。

Saya merencanakan tinggal sampai tgl 23 Juli.
ㄙㄚㄧㄚ ㄇㄜㄌㄜㄐㄧㄤㄋㄚㄍㄢ ㄉㄧㄥㄍㄨ ㄙㄣㄅㄞˊ ㄉㄤㄍㄡˇ
ㄉㄨㄨㄚ ㄅㄨㄌㄨ ㄉㄧㄍㄚˇ ㄐㄧㄩㄌㄧˇ
我打算停留到七月二十三日。

Saya tgl 5 agustus pulang naik pesawat.
ㄙㄚㄧㄚ ㄉㄤㄍㄡ ㄌㄧㄇㄚ ㄚㄍㄨㄙㄉㄨㄙ ㄅㄨㄌㄤ ㄋㄞˇ
ㄅㄜㄙㄚㄨㄨ
我要在八月五日搭機離開。

Saya akan tinggal di kamar hotel dari hari ini sampai tgl 10 Juni.

ㄙㄚㄧㄚ ㄚㄍㄢˇ ㄅㄧㄥㄍㄡ ㄉㄧ ㄍㄚㄇㄚ ㄏㄛㄉㄟㄛ ㄉㄚㄉㄚ
ㄏㄚㄉㄧ ㄧㄋㄧˇ ㄙㄢˇㄅㄞˇ ㄅㄤㄍㄡ ㄙㄜㄅㄨㄉㄨ ㄐㄧㄩㄋㄧ

我要住一個旅館房間從現在起到六月十日。

Saya memesan kamar dari tgl 3 Mei sampai tgl 22 Mei.

ㄙㄚㄧㄚ ㄇㄜㄇㄜㄙㄢ ㄍㄚㄇㄚㄉㄜ ㄉㄚㄉㄚ ㄅㄤㄍㄡ ㄅㄧㄍㄚ ㄇㄟˋ ㄙㄢ
ˇㄅㄞˇ ㄅㄤㄍㄡ ㄅㄨㄨㄚㄅㄨㄉㄨㄉㄨㄨㄚˇ ㄇㄟˋ

我要預訂房間從五月三日到二十二日。

Hari ini

ㄏㄚㄉㄧ ㄧㄋㄧˇ

今天

Besok

ㄅㄟㄙㄛ·

明天

Lusa

ㄉㄨㄙㄚ·

後天

Dari hari ini sampai 3 hari kemudian.

ㄅㄚㄉㄧ ㄏㄚㄉㄧ ㄧㄋㄧˇ ㄙㄢㄅㄞˊ ㄅㄧㄍㄚ ㄏㄚㄉㄧ
ㄍㄣˇㄇㄨˇㄉㄧ ㄢˇ

從今天起三天後。

Kemarin

ㄍㄣˇㄇㄚㄉㄧㄣˇ

昨天

Kemarin dulu

ㄍㄣˇㄇㄚㄉㄧㄣ ㄅㄨㄉㄨ

前天

3 hari sebelumnya.

ㄅㄧㄍㄚ ㄏㄚㄉㄧ ㄙㄜㄅㄜㄉㄨㄇㄋㄧㄧㄚˇ

三天前。

Pelajaran 15

Cuaca
ㄓㄨㄨㄚㄓㄚˋ
天氣

Musim
ㄇㄨㄒㄧㄣˋ
季節

Musim semi
ㄇㄨㄒㄧㄣˋ ㄙㄣㄇㄧˋ
春

Musim panas
ㄇㄨㄒㄧㄣ ㄅㄚㄋㄚˇㄙ
夏

Musim gugur
ㄇㄨㄣ ㄍㄨㄍㄨˇㄌㄜ
秋

Musim dingin
ㄇㄨㄒㄧㄣ ㄉㄧㄣㄧㄣˇ
冬

Temperatur
ㄅㄣㄟㄉㄚㄅㄨㄟㄌㄜ
氣溫

Panas
ㄅㄚㄋㄚˇㄙ
熱

Hangat
ㄏㄚ·ㄤˇ
溫暖

Sejuk
ㄙㄜ·ㄐㄧㄡˋ
涼

Dingin
ㄅㄧㄣㄧㄣˇ
冷

Cuaca baik
ㄓㄨㄨㄚㄐㄧㄚ ㄅㄞˊ
好天氣

Mendung
ㄇㄣㄉㄨㄥˋ
陰天

Musim hujan
ㄇㄨㄒㄧㄣ ㄏㄨㄐㄧㄤ
下雨天

Hari ada angin ribut
ㄏㄚㄉㄧ ㄚㄉㄚˊ ㄋㄧㄣˇ ㄌㄜㄅㄧㄅㄨˋ
颱風天

Turun salju
ㄅㄨㄉㄨㄣ ㄙㄚㄐㄧㄩˋ
下雪

Angin dingin
ㄋㄧㄣˇ ㄅㄧㄣㄧㄣˇ
寒流

Hari ini cuaca sangat baik.
ㄏㄚㄌㄧ ㄧㄋㄧˇ ㄓㄨˇㄨㄚㄐㄧㄚ ㄙㄢˇㄤ ㄅㄞˊ
今天天氣很好。

Kelihatannya akan turun hujan.
ㄍㄜㄌㄧㄏㄚㄉㄢˇㄧㄚˊ ㄚㄍㄢˇ ㄅㄨㄌㄨㄣˇ ㄏㄨㄐㄧㄤ
好像要下雨。

Saya pikir mungkin akan turun salju.
ㄙㄚㄧ ㄅㄧㄍㄧˊㄌㄜ ㄇㄨㄣˇㄍㄧㄣˇ ㄚㄍㄢˇ ㄅㄨㄌㄨㄣˇ
ㄙㄚㄐㄧㄩ•
我想可能會下雪。

Apakah kamu tahu prakiraan cuaca besok ?
ㄚㄅㄚㄍㄚ ㄍㄚˇㄇㄨ ㄉㄚˇㄏㄨˋ ㄅㄜㄌㄚㄍㄧˊㄌㄚㄢˇ
ㄓㄨㄚㄐㄧㄚ ㄅㄟˊㄙㄛˊ
你知道明天的天氣預報嗎？

Apakah ada no.telpon untuk mengetahui prakiraan cuaca ?
ㄚㄅㄚㄍㄚ ㄚㄉㄚˊ ㄋㄡˇㄇㄛ ㄅㄜㄌㄜㄈㄣˋ ㄨㄣㄉㄨˋ
ㄇㄣㄅㄚㄉㄚㄏㄨㄟˊㄧ ㄅㄜㄉㄚㄍㄧˊㄌㄚㄢˇ ㄓㄨㄚㄐㄧㄧㄚˊ
有電話號碼可以查詢氣象嗎？

Apakah kamu pikir akan hujan ?
ㄚㄅㄚㄍㄚ ㄍㄚˇㄇㄨ ㄅㄧㄍㄧˊㄌㄜ ㄚㄍㄢˇ ㄏㄨㄐㄧㄤˊ
你想會下雨嗎？

Apakah akan berubah dingin ?
ㄚㄅㄚㄍㄚ ㄚㄍㄢˇ ㄅㄨㄌㄨㄣㄚ ㄅㄧㄣˇㄍㄧㄣˊ
會變冷嗎？

Apakah kamu pikir akan ada hujan badai ?
ㄚㄅㄚㄍㄚ ㄍㄚˇㄇㄨ ㄅㄧㄍㄧˊㄌㄜ ㄚㄍㄢˇ ㄏㄚˇㄉㄚ
ㄏㄨㄐㄧㄤ ㄅㄚㄉㄞˊ
你認為會有暴風雨嗎？

Apakah kamu pikir akan ada badai salju ?
ㄚㄅㄚㄍㄚ ㄍㄚˇㄇㄨ ㄅㄧㄍㄧˊㄉㄜ ㄚㄍㄢˇ ㄚㄉㄚ ㄅㄚㄉㄞˊ
ㄙㄚㄐㄧㄩˊ
你認為會有暴風雪嗎？

Apakah kamu pikir besok akan panas ?
ㄚㄅㄚㄍㄚ ㄍㄚˇㄇㄨ ㄅㄧㄍㄧˊㄉㄜ ㄅㄟㄙㄛ ㄚㄍㄢˇ ㄅㄚㄋㄚˇㄙ
你認為明天會熱嗎？

Berapa lama kamu pikir cuaca dingin ini dapat berlangsung ?
ㄅㄜㄉㄚㄅㄚ ㄌㄚˇㄇㄚ ㄍㄚˇㄇㄨ ㄅㄧㄍㄧˊㄉㄜ ㄓㄨㄨㄚㄐㄧㄚ
ㄉㄣˇㄣ ㄧㄋㄧˇ ㄉㄚㄅㄚ ㄅㄜㄉㄌㄢㄙㄨㄥˋ
你認為這一陣寒冷的天氣會延續多久？

Hari ini temperatur berapa derajat ?
ㄏㄚㄉㄧ ㄧㄋㄧˇ ㄉㄣㄅㄟㄉㄚㄉㄨㄟㄉㄜ ㄅㄜㄉㄚㄅㄚ
ㄅㄜㄉㄚㄐㄧㄚ•
今天氣溫多少度？

Pelajaran 16

Lapangan Terbang
ㄌㄚˇㄅㄢㄢ ㄅㄜㄉㄜㄅㄢㄟ
機場

MP3
16

Kapal terbang
ㄍㄚㄅㄚ ㄅㄜㄉㄜㄅㄢㄟ
飛機

Tiket
ㄉㄧㄍㄜ˙
機票

Paspor
ㄅㄚㄙㄅㄛㄟㄉㄜ
護照

Bagasi
ㄅㄚㄍㄚㄒㄧ
行李

Duty free
ㄐㄧㄩㄉㄧ ㄈㄧㄉㄧㄟ
免稅商店

Rokok
ㄜㄉㄛㄍㄛˇ
香菸

Arak
ㄚㄌㄚ˙
酒

Bank
ㄅㄢㄟ
銀行

Imigrasi
ㄧㄇㄧˇㄍㄜˇㄌㄚㄒㄧ˙
海關

Kedatangan
ㄍㄜ˙ㄉㄚㄅㄢㄤˇ
入境

Keberangkatan
ㄍㄜˇㄅㄜㄅㄚㄍㄚㄅㄢˇ
出境

Pintu keberangkatan
ㄅㄧㄣㄉㄨ ㄍㄜˇㄅㄛㄉㄚˇㄍㄚㄅㄢˇ
登機門

Awak pesawat
ㄚㄨㄚ ㄅㄜㄙㄚㄨㄚ
空服員

Pilot
ㄅㄧㄉㄛˇ
機長

Makanan
ㄇㄚˇㄍㄢㄋㄢˇ
餐點

Pangkalan taxi
ㄅㄢˇㄍㄚㄅㄢ ㄉㄚ˙ㄒㄧ˙
計程車招呼站

Pemberhentian bis
ㄅㄣˇㄅㄜㄏㄣˇㄉㄧㄟㄢ ㄅㄧˋㄙ
公車站

Tempat pembelian karcis bis
ㄅㄣㄅㄚ ㄅㄣˇㄅㄜㄉㄧ ㄢ ㄍㄚㄐㄧ一ㄙ · ㄉㄧㄟㄙ
公車售票處

Tangga
ㄉㄢㄍㄚˇ
電梯

Tangga jalan
ㄉㄢㄍㄚˇ ㄐㄧㄚㄉㄢˇ
手扶梯

Kamar mandi
ㄍㄚㄇㄚㄉㄜ ㄇㄢㄉㄧˇ
洗手間

Apakah pesawat ketiga ke Indonesia berangkat tepat waktu ?
ㄚㄅㄚㄍㄚ ㄅㄜㄙㄨㄨˇ ㄍㄜㄉㄧㄍㄚ ㄍㄜ 一ㄣˇㄉㄨㄋㄧˇㄒㄧ一ㄚ
ㄅㄜㄉㄢㄍㄚ ㄉㄜㄅㄚ ㄨㄚㄉㄨˊ
往印尼的第三次班機準時起飛嗎？

Kapan waktu untuk naik pesawat ?
ㄍㄚㄅㄢ ㄨㄚㄉㄨ ㄨㄣㄉㄨ · ㄋㄞˇ ㄅㄜㄙㄚㄨㄨ
登記時間是什麼時候？

No berapa pintu keberangkatan untuk pesawat kelima ?
ㄋㄛㄇㄛ ㄅㄜㄉㄚㄅㄚ ㄅㄧㄣㄉㄨ ㄍㄜˇㄅㄛㄉㄚㄍㄚㄉㄢ ㄨㄣˇㄉㄨ
ㄅㄜㄙㄚㄨㄨ ㄍㄜㄉㄧㄇㄚˊ
第五次班機的登機門幾號？

Saya ingin duduk dekat jendela.
ㄙㄚ一ㄚ 一ㄣˇㄧㄣ ㄉㄨㄉㄨ ㄉㄜㄍㄚ ㄓㄣˇㄉㄟㄉㄚˇ
我想要一個靠窗的座位。

Saya ingin duduk dekat koridor.
ㄙㄚㄧㄚ ㄧㄣˇㄧㄣ ㄉㄨㄉㄨ ㄉㄜㄍㄚ ㄍㄛˇㄌㄧㄉㄛˇㄌㄜ
我想要一個靠走道的座位。

Saya akan membawa bagasi ini bersama saya.
ㄙㄚㄧㄚ ㄚㄍㄢˇ ㄇㄣˇㄅㄚㄨㄚ ㄅㄚㄍㄚㄒㄧ ㄧㄋㄧˇ
ㄅㄜㄙㄚㄇㄚ ㄙㄚㄧㄚ
我要隨身攜帶這件東西當作手提行李。

Bagasi anda melewati kapasitas.
ㄅㄚㄍㄚㄒㄧ ㄢㄉㄚ ㄇㄜㄌㄜㄨㄚㄉㄧ ㄍㄚㄅㄚㄒㄧㄉㄚˇㄙ˙
你的行李超重了。

Saya harus membayar berapa atas kelebihan kapasitas bagasi saya ?
ㄙㄚㄧㄚ ㄏㄚㄌㄜ ㄇㄣㄅㄚㄧㄚ ㄅㄜㄌㄚㄅㄚ ㄚㄉㄚㄙ
ㄍㄜㄌㄜㄅㄧㄏㄢˇ ㄍㄚㄅㄚㄒㄧㄉㄚㄙ ㄅㄚㄍㄚㄒㄧ ㄙㄚㄧㄚ
我該付多少的超重費？

Apakah dipesawat disediakan makanan ?
ㄚㄅㄚㄍㄚ ㄉㄧㄅㄜㄙㄚㄨㄚ ㄉㄧㄙㄜㄉㄧ ㄚ ㄇㄚㄍㄚㄋㄢˇ
飛機上供應餐點嗎？

Kira-kira berapa lama sampai ke Sukanohada ?
ㄍㄧˊㄌㄚ-ㄍㄧˊㄌㄚ ㄅㄜㄌㄚㄅㄚ ㄌㄚㄇㄚ ㄙㄢㄅㄞˊ ㄍㄜˇ
ㄙㄨㄍㄚㄋㄛㄏㄚㄌㄚˇ
什麼時候可以到達Sukanohada？

Berapa lama naik pesawat ?
ㄅㄜㄌㄚㄅㄚ ㄌㄚㄇㄚ ㄋㄞˇ ㄅㄜㄙㄚㄨㄚ
預定的飛行時間大概多久？

Apakah ada bis atau mobil kecil untuk antar jemput ke pusat kota ?
ㄚㄅㄚㄍㄚ ㄚㄌㄚ ㄅㄧㄙ ㄚㄉㄠ ㄇㄛㄅㄧ ㄍㄜㄐㄧㄡˋ ㄨㄣˇㄉㄨ
ㄢˇㄉㄚㄌㄜ ㄐㄧㄥˇㄅㄨˋ ㄍㄜ ㄅㄨㄙㄚ ㄍㄛˇㄉㄚˊ
有公共汽車或是小客車接送到市區嗎？

Saya ingin mengganti pesawat yang lebih malam.

ㄙㄚㄧㄚ ㄧㄣㄥㄧㄣ ㄇㄣ∨ㄍㄢㄉㄧ ㄅㄜㄙㄚㄨㄚ ㄧㄤ∨ ㄌㄜㄅㄧ

ㄇㄚㄌㄢ∨

我想換到較晚的班機。

Saya ingin membatalkan pemesanan tempat.

ㄙㄚㄧㄚ ㄧㄣㄥㄧㄣ ㄇㄣㄅㄚ∨ㄉㄚㄍㄢ ㄅㄣ∨ㄇㄜㄙㄢㄋㄢ∨ ㄉㄣㄅㄚㄟ

我想取消預訂的座位。

Kami sangat menyesalkan mengumumkan karena pengaruh cuaca pesawat terlambat berangkat.

ㄍㄚㄇㄧ ㄙㄢ∨ㄤ ㄇㄣㄋㄧㄙㄠㄍㄢ ㄇㄣㄍㄨ∨ㄇㄨㄍㄢ ㄍㄚㄉㄣㄋㄚ

ㄅㄣ∨ㄢㄉㄨ ㄓㄨㄨㄚㄧㄠ ㄅㄜㄙㄚㄨㄚ ㄉㄜㄉㄚ∨ㄅㄚ ㄅㄜㄉㄚㄍㄢ∨

我們很抱歉向各位宣佈班機受到天候的影響將要延遲起飛。

Pelajaran 17

Hotel
ㄏㄛㄉㄟˋㄜ
旅館

Pramusaji laki-laki
ㄅㄜㄉㄚㄇㄨㄙㄚㄐㄧ ㄉㄚˇㄍㄧ
ㄟˊㄉㄚˇㄍㄧˊ
男服務生

Pramusaji wanita
ㄅㄜㄉㄚㄇㄨㄙㄚㄐㄧ ㄨㄚㄋㄧㄅㄚ
ㄟ
女服務生

Petugas yang melayani
ㄅㄜㄉㄨㄍㄚ ㄧㄤ ㄇㄜㄉㄚㄧㄚㄋ
ㄧˇ
接待員

Loket
ㄉㄛㄍㄟˇ
櫃檯

Tempat parkir
ㄉㄥㄅㄚ ㄅㄚㄉㄜㄍㄧˇㄉㄜ
停車場

Kamar
ㄍㄚㄇㄚˇㄉㄜ
房間

Kartu berfungsi sebagai kunci
ㄍㄚㄉㄜㄅㄨ ㄅㄜㄉㄜㄈㄥㄒㄧ ㄙ
ㄜㄅㄚㄍㄞ ㄎㄨㄅㄐㄧ•
鑰匙卡

Asbak
ㄚㄙㄅㄚ
菸灰缸

Meja
ㄇㄟㄐㄧㄚ•
桌子

Kursi
ㄍㄨㄉㄜㄒㄧ
椅子

Jendela
ㄐㄧㄤˇㄉㄟㄉㄚˇ
窗戶

Lampu meja belajar
ㄌㄢㄅㄨ ㄇㄟㄐㄧㄚ ㄅㄜㄉㄚㄐㄧㄚㄉㄜ
檯燈

Permadani
ㄅㄜㄉㄜㄇㄚㄉㄚㄋㄧˇ
地毯

Ranjang
ㄌㄢˇㄐㄧㄤ•
床

Selimut
ㄙㄜㄉㄧㄇㄨ•
棉被

Bantal
ㄅㄢㄅㄠˇ
枕頭

Telepon
ㄅㄜㄅㄜㄅㄣˇ
電話

Sendal
ㄙㄣㄅㄠˇ
拖鞋

Ventilasi udara
ㄈㄣㄅㄧㄅㄚㄒㄧ　ㄨㄅㄚㄅㄚ
空調

Televisi
ㄅㄜㄅㄧㄈㄧㄒㄧˋ
電視

Remote
ㄅㄧㄇㄛˇ
遙控器

Kamar mandi
ㄍㄚㄇㄚˇㄅㄜ　ㄇㄢㄅㄧ•
浴室

Handuk
ㄏㄢㄅㄨ•
毛巾

Hair dryer
ㄏㄞㄅㄜ　ㄅㄞㄧㄚ•ㄅㄜ
吹風機

Kaca
ㄍㄚㄐㄧㄚ•
鏡子

Tissue
ㄅㄧㄒㄧㄩˇ
衛生紙

Kakus
ㄍㄚㄍㄨ•ㄙ
馬桶

Bath up
ㄅㄟㄅㄚˇ
浴缸

Tempat cuci tangan
ㄅㄥㄅㄚ　ㄓㄨㄐㄧ　ㄅㄢㄢˇ
洗手台

Keran air
ㄍㄜㄅㄢ　ㄞˇㄅㄜ
水龍頭

Air dingin
ㄞㄅㄜ　ㄅㄧㄅㄧㄣˇ
冷水

Air panas
ㄞㄅㄜ　ㄅㄚㄋㄚˇㄙ•
熱水

Sikat gigi
ㄒㄧㄍㄚ　ㄍㄧㄍㄧˇ
牙刷

Odol
ㄛㄅㄛˇ
牙膏

Pisau pencukur kumis
ㄅㄧㄙㄠ　ㄅㄣˇㄓㄨㄍㄨㄅㄜ　ㄍㄨㄇㄧㄟㄙ
刮鬍刀

Sabun
ㄙㄚㄅㄇㄣㄥˇ
肥皂

Sabun mandi
ㄙㄚㄅㄇㄣㄥˇ ㄇㄢㄅㄧ
沐浴乳

Shampoo
ㄒㄧㄤㄅㄛˇ
洗髮精

Pintu emergency
ㄅㄧㄣㄅㄇㄨ ㄟˇㄇㄣˇㄉㄜㄐㄧㄧㄋㄒㄧ•
緊急出口

Kulkas
ㄍㄨㄌㄨㄍㄚˇㄙ
冰箱

Air mineral
ㄚㄌㄜ ㄇㄧㄣˇㄌㄜㄌㄠˇ
礦泉水

Gantungan baju
ㄍㄢˇㄌㄨㄣㄤ ㄅㄚㄐㄧㄩˇ
衣架

Sakelar
ㄙㄚㄍㄜㄌㄚˇㄌㄜ
插座

Adaptor untuk mengubah voltasi
ㄚㄌㄚㄉㄛㄌㄜ ㄨㄣㄅㄨ ㄇㄣˇㄨㄌㄨㄅㄚ ㄈㄛˇㄅㄚㄙㄧ•
轉接插頭

Waktu
ㄨㄚㄅㄨ•
時鐘

Saya ingin single bed.
ㄙㄚㄧㄚ ㄧㄣˇㄧㄣ ㄒㄧㄣㄍㄜ ㄅㄟˇ
我想要一間單人房。

Tinggal 3 malam.
ㄅㄧㄣㄍㄛˇ ㄅㄧㄍㄚˇ ㄇㄚㄌㄢˇ
住三夜。

Saya ingin double bed dengan kamar mandi didalam.

ㄙㄚ一ㄚ 一ㄣˇ一ㄣ ㄉㄠㄅㄜ ㄅㄟˋ ㄉㄣㄤ ㄍㄚㄇㄚㄉㄜ ㄇㄋㄉㄧ
ㄉㄧㄉㄚㄌㄣˇ

我想要一間帶浴室的雙人房。

Apakah ada kamar dengan pemandangan indah ?

ㄚㄅㄚㄍㄚ ㄚㄉㄚ ㄍㄚㄇㄚㄉㄜ ㄉㄣㄤˇ ㄅㄜㄇㄋㄉㄣㄤˇ 一ㄣˇㄉㄚˊ

有沒有一間風景優美的房間？

Saya ingin kamar yang hening.

ㄙㄚ一ㄚ 一ㄣˇ一ㄣ ㄍㄚㄇㄚㄉㄜ 一ㄤˇ ㄏㄣㄋ一ㄥˇ

我想要一間安靜的房間。

Berapa biaya sewa satu malam untuk satu kamar ?

ㄅㄜㄉㄚㄅㄚ ㄅㄧ一ㄚˊㄚ ㄙㄝㄨㄚ ㄙㄚㄉㄨ ㄇㄚㄌㄣˋ ㄨㄣˋㄉㄨ
ㄙㄚㄉㄨ ㄍㄚˇㄇㄚˊㄉㄜ

一間房間每晚收費多少？

Apakah termasuk makan 3 kali ?

ㄚㄅㄚㄍㄚ ㄉㄣㄇㄚㄙㄨˊ ㄇㄚㄍㄢˇ ㄉㄧㄍㄚˇ ㄍㄚㄌ一ˊ

三餐包括在內嗎？

Mohon untuk morning call jam 6 pagi.

ㄇㄛㄏㄣˋ ㄨㄣㄉㄨ ㄇㄛㄋ一ㄣ ㄎㄡˋ ㄐ一ㄤˇ ㄋㄋㄚˇ ㄅㄚㄍㄧˇ

請在明早六點鐘叫醒我。

Kamar saya sangat dingin.

ㄍㄚㄇㄚㄉㄜ ㄙㄚ一ㄚ ㄙㄢˇㄤ ㄉㄧㄣˇ一ㄣˇ

我的房間很冷。

Saya masih memerlukan 1 selimut.

ㄙㄚ一ㄚ ㄇㄚㄒ一 ㄇㄣㄉㄜㄉㄨㄍㄢ ㄙㄚㄉㄨㄟ ㄙ•ㄉ一ㄇㄨ•

我還需要一條毯子。

Kamar saya sangat berisik.

ㄍㄚㄇㄚㄉㄜ ㄙㄚ一ㄚ ㄙㄢˇㄤ ㄅㄜㄉㄧㄒ一ˋ

我的房間很吵。

Saya ingin menyimpan barang ini disafe deposit.
ㄙㄚˊㄚ ㄧㄣˇㄧㄣ ㄇㄣㄋㄧㄣㄋㄋ ㄅㄚˇㄌㄢˇ ㄧㄋㄧˇ
ㄅㄧㄙㄟˊㄈㄨ • ㄉㄟㄅㄛㄒㄧ˙ • ㄉㄜ
我想把東西存放在保險箱裏。

Kamar saya tidak ada handuk.
ㄍㄚㄇㄚㄉㄜ ㄙㄚˊㄚ ㄅㄧㄉㄚ ㄚㄉㄚ ㄏㄢㄉㄨㄟ
我的房間裏沒有毛巾。

Kamar saya tidak ada sabun.
ㄍㄚㄇㄚㄉㄜ ㄙㄚˊㄚ ㄅㄧㄉㄚ ㄚㄉㄚ ㄙㄚㄅㄨㄣˇ
我的房間裏沒有肥皂。

Dimana dapat membeli sikat gigi ?
ㄅㄧㄇㄚㄋㄚˋ ㄉㄚㄅㄚ ㄇㄣˇㄅㄛㄉㄧˇ ㄙㄧㄍㄚ ㄍㄧㄍㄧˇ
哪裏可以買到牙刷？

Saya ingin berbicara dengan Manager.
ㄙㄚˊㄚ ㄧㄣˇㄧㄣ ㄅㄛㄅㄧㄐㄧㄚㄉㄚ ㄉㄧㄌㄣˇ
ㄇㄟˇㄋㄧㄐㄧㄡˇㄉㄜ •
我想和經理談談。

Mohon untuk memberikan kunci ke saya ya ?
ㄇㄛㄏㄣ ㄨㄣˇㄉㄨ ㄇㄣˇㄅㄛㄉㄧˇㄍㄢ ㄍㄨㄣㄐㄧ • ㄍㄜ ㄙㄚˊㄚㄧㄚˊ
請把鑰匙給我，好嗎？

Saya berada di kamar no. 1452.
ㄙㄚˊㄚ ㄅㄛㄉㄚㄉㄚ ㄉㄧ ㄍㄚㄇㄚㄉㄜ ㄋㄛㄇㄛㄉㄜ
ㄙㄛㄉㄧㄅㄨ ㄅㄣㄚˇㄉㄚㄅㄨㄟㄙ ㄉㄧㄇㄚㄅㄨㄉㄨˇ ㄅㄨㄟㄚ
我在1452號房間。

Apakah ada orang yang menitip pesan untuk saya ?
ㄚㄅㄚㄍㄍㄚ ㄚㄉㄚ ㄛˇㄉㄢˇ ㄧㄤˋ ㄇㄛㄋㄧˇㄅㄧ ㄅㄛㄙㄢˇ
ㄨㄣㄅㄨ ㄙㄚㄧㄚˊ
有人留話給我嗎？

Kapan untuk check out ?
ㄍㄚㄅㄢˇ ㄨㄣˇㄉㄨ ㄑㄧㄝㄎ˙ ㄠˇ
什麼時候要退房？

Kapan waktu disediakan makan pagi ?
ㄍㄚㄅㄢˇ ㄨㄚㄉㄨ ㄉㄧㄙㄜㄉㄧㄧㄚ ㄇㄚㄍㄢˇ ㄅㄚㄍㄧ
什麼時候供應早餐？

Mohon untuk meminta pelayan wanita untuk membereskan kamar saya.
ㄇㄛㄏㄣˇ ㄨㄣㄉㄨ ㄇㄣ˙ㄇㄧㄣㄉㄚ ㄅㄜㄉㄞㄧㄚ ㄨㄚㄋㄧㄉㄚ ㄨㄣㄉㄨ ㄇㄛㄅㄜㄉㄜㄟㄍㄢ ㄍㄚㄇㄉㄜ ㄙㄚㄧㄚ
請吩咐女佣把我的房間收拾乾淨。

Mohon untuk menghitung biaya bon saya.
ㄇㄛㄏㄣˇ ㄨㄣㄉㄨ ㄇㄣㄏㄧㄉㄨㄥ ㄅㄧㄧㄚㄧㄚ ㄅㄨㄣˇ ㄙㄚㄧㄚ
請把我的帳單開出來。

Mohon untuk menerangkan bagian ini kepada Saya.
ㄇㄛㄏㄣˇ ㄨㄣㄉㄨ ㄇㄣㄋㄜㄉㄚㄍㄢ ㄅㄚㄍㄧˊㄢ ㄧㄋㄧˇ ㄍㄜㄅㄚㄉㄚ ㄙㄚㄧㄚ
請把這個項目解釋給我聽。

Saya ingin menyimpan bagasi saya sampai jam 5.
ㄙㄚㄧㄚ ㄧㄅㄧㄅㄨ ㄇㄣㄋㄧㄅㄅㄢ ㄅㄚㄍㄚㄒㄧ ㄙㄚㄧㄚ ㄙㄢㄅㄞ ㄐㄧㄤˇ ㄉㄧˇㄇㄚˇ
我想把我的行李寄存到五點鐘。

Apakah saya dapat memanggil taxi dari sini ?
ㄚㄅㄚㄍㄚ ㄙㄚㄧㄚ ㄉㄚˇㄅㄚ ㄇㄣㄇㄢˇㄍㄧˊㄛˇ ㄉㄚㄒㄧ˙ ㄉㄚㄉㄧ ㄒㄧㄋㄧˇ
我可以從這裏叫一輛計程車嗎？

Restaurant

ㄉㄟㄙㄅㄠㄉㄢˇ

餐廳

MP3
18

Pub
ㄅㄚㄅㄜ•
居酒屋

Bar
ㄅㄚㄟㄉㄜ
酒吧

Kaki lima
ㄍㄚㄍㄧ ㄉㄧㄇㄚ
路邊攤

Masakan Indonesia
ㄇㄚㄙㄚㄍㄢ ㄧㄣㄟㄅㄨㄟㄋㄧㄧˇㄒㄧㄧㄚˇ
印尼餐

Makan siang
ㄇㄚㄍㄢˇ ㄒㄧㄧㄤˇ
中餐

Makanan ala barat
ㄇㄚㄍㄢˇㄋㄢ ㄚㄉㄚ ㄅㄚㄉㄚˇ
西餐

Masakan Jepang
ㄇㄚㄙㄚㄍㄢ ㄐㄧㄝㄅㄤㄟ
日本料理

Masakan Perancis
ㄇㄚㄙㄚㄍㄢ ㄅㄜㄉㄚㄐㄧˇㄙ
法國料理

Alat-alat makan
ㄚㄉㄚ-ㄚㄉㄚ ㄇㄚㄍㄢˇ
餐具

Gelas
ㄍㄜㄉㄚˇㄙ•
杯子

Gelas kaca
ㄍㄜㄉㄚˇㄙ• ㄍㄚㄐㄧㄚ•
玻璃杯

Panci
ㄅㄢㄐㄧ•
鍋子

Mangkok
ㄇㄢㄍㄛ•
碗

Piring
ㄅㄧㄉㄧㄣˇ
盤子

Pisau
ㄅㄧㄙㄠˇ
刀子

Garpu
ㄍㄚㄉㄜㄅㄨㄟ
叉子

Sumpit
ㄙㄨㄥㄅㄧ‧
筷子

Sendok
ㄙㄣㄉㄛ‧
湯匙

Alat pembuka botol
ㄚㄉㄚ ㄅㄣˇㄅㄨㄍㄚ ㄅㄛㄉㄛˇ
開瓶器

Alat pembuka kaleng
ㄚㄉㄚ ㄅㄣˇㄅㄨㄍㄚ ㄍㄚㄉㄟˇ
開罐器

Tusuk gigi
ㄅㄨㄙㄨ ㄍㄧㄍㄧˇ
牙籤

Tissue
ㄅㄧㄒㄧㄩˇ
紙巾

Makanan
ㄇㄚㄍㄢㄋㄢˇ
食物

Jenis daging
ㄐㄧㄤㄋㄧˇㄙ ㄅㄚㄍㄧㄣˇ
肉類

Daging sapi
ㄅㄚㄍㄧㄣˇ ㄙㄚㄅㄧˇ
牛肉

Daging babi
ㄅㄚㄍㄧㄣˇ ㄅㄚㄅㄧˇ
豬肉

Daging kambing
ㄅㄚㄍㄧㄣˇ ㄍㄢㄅㄧㄣˇ
羊肉

Daging ayam
ㄅㄚㄍㄧㄣˇ ㄚㄧㄤˇ
雞肉

Ham
ㄏㄤˋ
火腿

Sea food
ㄒㄧ ㄈㄨ‧
海鮮

Ikan
ㄧㄍㄢˇ
魚

Ikan Chio Tau
ㄧㄍㄢˇ ㄑㄧㄡ ㄉㄠ
秋刀魚

Gurita
ㄍㄨㄉㄧㄅㄚ‧
章魚

Cumi
ㄓㄨㄇㄧˇ
烏賊

Udang
ㄨㄉㄤˇ
蝦子

Kerang
ㄍㄜㄉㄤˇ
蛤蠣

Lobster
ㄌㄛㄙㄅㄚㄌㄜ
龍蝦

Kepiting
ㄍㄜ˙ ㄅㄧㄅㄧㄣˇ
螃蟹

Rumput laut
ㄌㄨㄣˇㄅㄨ ㄌㄠㄨ˙
海苔

Sayuran
ㄙㄚㄧㄩㄌㄢˇ
蔬菜

Terong
ㄅㄟㄌㄨㄥˇ
茄子

Kol
ㄍㄛˇ
高麗菜

Kembang kol
ㄍㄣㄅㄢ ㄍㄛˇ
花椰菜

Jagung
ㄐㄧㄚㄍㄨㄣˇ
玉米

Jamur
ㄐㄧㄚㄇㄨㄟㄌㄜ
香菇

Bawang bombay
ㄅㄚㄨㄤ ㄅㄥㄅㄞˇ
洋蔥

Paprika
ㄅㄨㄅㄜㄉㄧㄍㄚ
青椒

Timun
ㄅㄧㄇㄨㄣ˙
小黃瓜

Wortel
ㄨㄚㄌㄜㄅㄜ
紅蘿蔔

Tomat
ㄅㄛㄇㄚˇ
番茄

Labu kuning
ㄌㄚㄅㄨ ㄍㄨㄋㄧㄣˇ
南瓜

Kacang polong
ㄍㄚㄐㄧㄤ ㄅㄛㄌㄨㄥㄟ
豌豆

Rebung
ㄌㄜㄅㄨㄣˇ
蘆筍

Kentang
ㄍㄣㄅㄤㄟ
馬鈴薯

Jahe
ㄐㄧㄚㄏㄟˋ
薑

Cabe
ㄓㄧㄚㄅㄟˇ
辣椒

Buah-buahan
ㄅㄨㄨㄚ-ㄅㄨㄨㄚㄏㄢˋ
水果

Apel
ㄚㄅㄜ˙
蘋果

Semangka
ㄙㄜㄇㄢㄍㄚˇ
西瓜

Pepaya
ㄅㄜㄅㄚㄧㄚ˙
木瓜

Pisang
ㄅㄧㄙㄤˇ
香蕉

Anggur
ㄢㄍㄨˇㄉㄜ
葡萄

Buah pear
ㄅㄨ ㄚ ㄅㄧㄉㄜ
梨子

Strawberry
ㄙㄜㄅㄟㄉㄧˇ
草莓

Lychee
ㄉㄟˇㄐㄧ˙
荔枝

Melon
ㄇㄟㄉㄣˇ
哈密瓜

Nenas
ㄋㄜㄋㄚㄥˊ˙
鳳梨

Jeruk nipis
ㄐㄧㄝㄉㄨ ㄋㄧㄅㄧㄥˋ˙
檸檬

Jeruk sunkis
ㄐㄧㄝㄉㄨ ㄙㄢㄍㄧㄥˋㄥˋ
柳橙

Jeruk bali
ㄐㄧㄝㄉㄨ ㄅㄚㄉㄧˇ
葡萄柚

Buah kiwi
ㄅㄨㄨㄚ ㄍㄧㄨㄩˇ
奇異果

Jambu
ㄐㄧㄤㄅㄨㄟ
蓮霧

Buah cherry
ㄅㄨㄨㄚ ㄐㄧㄝㄉㄧˇ
櫻桃

Kesemek
ㄍㄜㄙㄅㄇㄜ˙
柿子

Bumbu masakan
ㄅㄨㄅㄅㄨ ㄇㄚㄙㄚㄍㄢˋ
調味料

Kecap asin
ㄍㄟㄐㄧㄚ ㄚㄙㄧㄥˋ
醬油

Garam
ㄍㄚㄌㄢˇ
鹽

Gula
ㄍㄨㄌㄚˇ
糖

Cabe
ㄐㄧㄚㄅㄟˇ
辣椒

Lada
ㄌㄚㄅㄚˇ
胡椒

Cuka
ㄓㄨㄍㄚˇ
醋

Saus tomat
ㄙㄚㄨㄙ ㄅㄛㄇㄚˋ
番茄醬

Wasabi
ㄨㄚㄙㄚㄅㄧˇ
芥末

Mentega
ㄇㄣˇㄅㄟˇㄍㄚˇ
奶油

Selai
ㄙㄜㄌㄞˇ
果醬

Mayonaise
ㄇㄚㄧㄡㄋㄟˇㄙ •
美乃滋

Minuman
ㄇㄧㄋㄨㄇㄋㄢˇ
飲料

Susu
ㄙㄨㄙㄨˇ
牛奶

Kopi
ㄍㄛㄅㄧˇ
咖啡

Juice
ㄐㄧㄩˇㄙ •
果汁

Air minum
ㄞˇㄌㄜ ㄇㄧㄋㄨㄣˇ
開水

Air minum panas
ㄞˇㄌㄜ ㄇㄧㄋㄨㄣˇ ㄅㄚㄋㄚㄙ
熱開水

Teh
ㄅㄟˋ
茶

Coca cola
ㄍㄛㄍㄚ ㄍㄛㄌㄚˇ
可樂

Coklat
ㄓㄛㄍㄛㄌㄚˇ
可可亞

Teh ulong
ㄅㄟ ㄨㄌㄨㄥˋ
烏龍茶

Teh hijau
ㄅㄝ ㄏㄧㄐㄧㄠˇ
綠茶

Teh merah
ㄅㄝ ㄇㄟㄌㄚˇ
紅茶

Teh susu
ㄅㄝ ㄙㄨㄙㄨ•
奶茶

Makanan pagi
ㄇㄚˇㄍㄢㄋㄢ ㄅㄚㄍㄧˇ
早餐

Makanan siang
ㄇㄚˇㄍㄢㄋㄢ ㄒㄧ ㄧㄤˇ
午餐

Makanan malam
ㄇㄚˇㄍㄢㄋㄢ ㄇㄚㄌㄢˇ
晚餐

Tea time
ㄊㄧ ㄊㄞˇㄣ
下午茶

Sedang mempersiapkan
ㄙㄜㄅㄤ ㄇㄜㄅㄜㄌㄜㄒㄧㄧㄚㄍㄢˇ
準備中

Buka
ㄅㄨㄍㄚˇ
營業中

Tutup
ㄅㄨㄅㄨ•
打烊

Bayar bon
ㄅㄚㄧㄚㄌㄚ ㄅㄨㄥˋ
買單

Biaya pelayanan
ㄅㄧㄧㄚㄧㄚ ㄅㄜㄌㄚㄧㄚㄋㄢˇ
服務費

Daerah boleh merokok
ㄅㄚㄟㄌㄚ ㄅㄛㄌㄟˇ ㄇㄜㄌㄛㄍㄡˇ
吸菸區

Daerah tidak boleh merokok
ㄅㄚㄟㄌㄚ ㄅㄧㄌㄚ ㄅㄛㄌㄟˇ ㄇㄜㄌㄛㄍㄡˇ
禁菸區

沙嗲

Apakah disekitar sini ada restaurant Indonesia ?
ㄚㄅㄚㄍㄚ ㄅㄧㄥㄜㄍㄧㄅㄚㄉㄚ ㄒㄧㄋㄧ ㄚㄉㄚ ㄌㄟㄙㄅㄨㄛㄋㄢˇ ㄧㄣˋ
ㄅㄨㄟˋㄋㄧㄧㄒㄧㄧㄚˊ
附近有印尼餐廳嗎？

Saya ingin mencoba makanan khas daerah ini.
ㄙㄚㄧㄚ ㄧㄅㄧ ㄇㄅㄐㄧㄡㄅㄚ ㄇㄚㄍㄢㄋ ㄍㄚㄙ·
ㄉㄚㄜㄉㄚ ㄧㄋㄧˇ
我要嚐一嚐本地的特別風味。

Saya ingin meja untuk dua orang.
ㄙㄚㄧㄚ ㄧㄅˇㄧㄅ ㄇㄟㄐㄧㄚ ㄨㄌㄅㄨ ㄅㄨㄨㄚ ㄡㄌㄢˇ
我想要一張兩人座的桌子。

Apakah perlu memesan tempat ?
ㄚㄅㄚㄍㄚ ㄅㄜㄉㄨㄟ ㄇㄅˇㄇㄅ·ㄙㄋˇ ㄉㄥˋㄅㄚˊ
需要訂位嗎？

Memesan meja jam 7 untuk 4 orang.
ㄇㄅˇㄇㄅㄙㄋ ㄇㄟㄐㄧㄚ ㄐㄧㄤˇㄅㄨㄐㄧㄩ ㄨㄌㄅㄨ ㄅˇㄅㄚ
ㄡㄌㄢˇ
預訂一張七點鐘四個人的坐位。

Mohon memberikan saya menu.
ㄇㄛㄏㄣ ㄇㄜㄅㄜㄉㄧㄍㄢ ㄙㄚㄧㄚ ㄇㄟㄋㄨˇ
請給我菜單。

Saya ingin memesan itu.
ㄙㄚㄧㄚ ㄧㄅˇㄧㄅ ㄇㄅˇㄇㄅㄙㄋˇ ㄧㄉㄨˇ
我要點那個。

Saya ingin memesan steak.
ㄙㄚㄧㄚ ㄧㄅˇㄧㄅ ㄇㄅˇㄇㄅㄙㄋˇ ㄙㄉㄝˋ
我要點牛排。

Saya ingin sedikit mentah.
ㄙㄚㄧㄚ ㄧㄅˇㄧㄅ ㄙㄜㄉㄧㄍㄧ ㄇㄅㄉㄚˇ
我要生一點的。

Setengah mentah
ㄙㄜ�ㄥㄚ ㄇㄣㄅㄚˇ
半生的

Setengah matang
ㄙㄜㄅㄥㄚ ㄇㄚㄅㄤˇ
半熟的

Lebih matang lagi
ㄌㄜㄅㄧ ㄇㄚㄅㄤˇ ㄌㄚㄍㄧˇ
老一點的

Saya ingin memesan makanan khusus untuk hari ini.
ㄙㄚㄧㄚ ㄧㄣˇㄧㄣ ㄇㄣˇㄇㄣㄙㄢˇ ㄇㄚㄍㄋㄋㄋˇ ㄍㄨㄙㄨㄙ•
ㄨㄣㄅㄨ ㄏㄚㄌㄧ ㄧㄋㄧˇ
我要點今天的特別餐。

Apa yang kamu dapat rekomendasikan ?
ㄚㄅㄚ ㄧㄤˇ ㄍㄚㄇㄨ ㄅㄚㄅㄚ ㄌㄟˇㄍㄛㄇㄟㄅㄚㄒㄧㄍㄢˇ
你推薦什麼？

Saya ingin makanan kecil.
ㄙㄚㄧㄚ ㄧㄣˇㄧㄣ ㄇㄚㄍㄋㄋㄋˇ ㄍㄜㄐㄧㄡˇ
我想要一些甜點。

Kami menyediakan ice cream , kue pangang , kue tar atau jelly.
ㄍㄚㄇㄧ ㄇㄣㄋㄜㄉㄧㄧㄚㄍㄢ ㄞˇㄙ ㄍㄨㄉㄧㄣˊ , ㄍㄨ ㄟˇ
ㄅㄢㄍㄢˇ , ㄍㄨ ㄟˇ ㄅㄚㄅㄚ ㄚㄅㄠˇ ㄐㄧㄜㄌㄧˇ
我們供應冰淇淋、烤餅、蛋糕或是果凍。

Kamu suka minum apa ?
ㄍㄚㄇㄨ ㄙㄨㄍㄚ ㄇㄧㄋㄨˇㄇㄢˇ ㄚㄅㄚˇ
你喜歡甚麼飲料？

Kamu suka kopi atau teh ?
ㄍㄚㄇㄨ ㄙㄨㄍㄚ ㄍㄛˇㄅㄧˇ ㄚㄅㄠˇ ㄅㄝˇ
你喜歡咖啡或是茶？

Pak ! Mohon berikan saya sedikit air ya ?
ㄅㄚˇ! ㄇㄛㄏㄣ ㄅㄜㄌㄧㄍㄢˇ ㄙㄚㄧㄚ ㄙㄜㄉㄧㄍㄧˇ ㄞˇㄌㄜ ㄧㄚˊ
先生！請給我一些水，好嗎？

Nona ! Mohon memberikan saya segelas kopi lagi ya ?
ㄋㄡㄋㄚˋ！ㄇㄛㄏㄣ ㄇㄣㄅㄜㄉㄧㄍㄢˇ ㄙㄚㄧㄚ ㄙㄜㄍㄜㄉㄚㄙ
ㄍㄛㄟㄅㄧ ㄉㄚㄍㄧˊ ㄧㄚˊ
小姐！請再給我一杯咖啡，好嗎？

Apakah kamu dapat cepat sedikit ?
ㄚㄅㄚㄍㄍㄢˇ ㄍㄚㄇㄨ ㄉㄚㄅㄚ ㄓㄜㄅㄚ ㄙㄜㄉㄧㄍㄧˊ
你能不能快一點呢？

Saya pikir ini bukan saya pesan.
ㄙㄚㄧㄚ ㄅㄧㄍㄧㄉㄜ ㄧㄋㄧˇ ㄅㄨㄍㄢˇ ㄙㄚㄧㄚ ㄅㄜㄙㄢˇ
我想這不是我所點的。

Pesanan sayur saya belum datang.
ㄅㄜㄙㄚㄋㄢˇ ㄙㄚㄧㄩˊㄉㄜ ㄙㄚㄧㄚ ㄅㄜㄉㄨㄣ ㄉㄚㄉㄤ
我點的菜還沒有來。

Mohon memberikan bon kepada saya ya ?
ㄇㄛㄏㄣ ㄇㄜㄅㄜㄉㄧㄍㄢˇ ㄅㄣˇ ㄍㄜㄅㄚㄉㄚ ㄙㄚㄧㄚ ㄧㄚˊ
請把帳單給我，好嗎？

Apakah anda dapat menerima kartu kredit ini ?
ㄚㄅㄚㄍㄚ ㄢˇㄉㄚ ㄉㄚㄅㄚ ㄇㄜㄋㄜㄉㄧㄇㄚ ㄍㄚㄉㄜㄉㄨ
ㄍㄜㄉㄧˇㄅㄧ ㄧㄋㄧˇ
你們接不接受這種信用卡？

Saya pikir tambahannya salah ya !
ㄙㄚㄧㄚ ㄅㄧㄍㄧㄉㄜ ㄉㄤˇㄅㄚㄏㄋㄧˇㄧㄚˊ ㄙㄚˇㄉㄚㄟ ㄧㄚˊ
我想這加錯了吧！

Mohon untuk menghitung bon.
ㄇㄛㄏㄣ ㄨㄣㄉㄨ ㄇㄣㄧㄅˇㄉㄨㄥˋ ㄅㄣˇ
請結帳。

Sangat baik , terima kasih banyak.
ㄙㄢˇㄤ ㄅㄞˊ ㄅㄜㄉㄧㄇㄚ ㄍㄚㄒㄧ ㄅㄋㄧㄚˇ
那很好。謝謝你。

Pelajaran 19

Transportasi
ㄅㄛㄉㄚㄙ·ㄅㄛㄅㄚㄒㄧˇ
交通

MP3 19

Kereta api express
《ㄜㄉㄟㄅㄚ ㄚㄅㄧ ㄟㄙ·ㄅㄛㄟㄦㄙ·
高速鐵路

Kereta api
《ㄜㄉㄟㄅㄚ ㄚㄅㄧㄟ
火車

MRT
ㄣˇㄚㄉㄜㄅㄧㄟ
捷運

Bis
ㄅㄧㄟㄙ·
公車

Taxi
ㄉㄚ《·ㄒㄧ
計程車

Mobil
ㄇㄛㄅㄧˇㄜ
機車

Sepeda
ㄙㄜㄅㄟㄉㄚˇ
自行車

Kapal
《ㄚㄅㄚˇ
船

Transportasi express
ㄎㄜㄋㄢˇㄙㄅㄛㄉㄚ・ㄒㄧ ㄟˇㄇㄙ・ㄅㄜˋㄦㄙ・
快車

Transportasi biasa
ㄎㄜㄋㄢˇㄙㄅㄛㄉㄚ・ㄒㄧ ㄅㄧㄧㄚㄙㄚˇ
普通車

Supir
ㄙㄨㄅㄧㄧˇㄌㄜ
司機

Peron
ㄅㄟㄌㄣˇ
月台

Tempat naik MRT
ㄉㄥㄅㄚˇ ㄋㄚㄧ ㄣˇㄚㄌㄜㄅㄧㄟ
捷運站

Tempat naik bis
ㄉㄥㄅㄚˇ ㄋㄞˇㄧ ㄅㄧㄟㄙ・
公車停靠站

Uang recehan
ㄨㄨㄤˇ ㄌㄜㄓㄟㄏㄢˇ
零錢

Tempat pembelian karcis
ㄉㄥㄅㄚˇ ㄅㄣˇㄅㄜㄉㄧ ㄢ ㄍㄚㄉㄜㄐㄧㄧˇㄙ・
售票處

Karcis sekali pergi
ㄍㄚㄉㄜㄐㄧㄧˇㄙ・ ㄙㄜㄍㄚㄉㄧ ㄅㄜㄉㄜㄍㄧㄧˇ
單程車票

Karcis pulang pergi
ㄍㄚㄉㄜㄐㄧㄧˇㄙ・ ㄅㄨㄉㄤ ㄅㄜㄉㄜㄍㄧˊ
來回車票

 *用注音說印尼語*

Karcis dengan biaya penuh
ㄍㄚㄉㄜㄐㄧㄥˇ˙ ㄉㄣˇㄖㄢˇ ㄅㄧˇㄧㄚˇㄚ ㄅㄜㄋㄨㄟ
全票

Karcis dengan biaya setengah
ㄍㄚㄉㄜㄐㄧㄥˇ˙ ㄉㄣˇㄖㄢˇ ㄅㄧˇㄧㄚˇㄚ ㄙㄜˇ˙ㄉㄥㄚˇ
半票

Kartu MRT
ㄍㄚㄉㄜㄉㄨ ㄣˇㄚㄉㄜㄉㄧˇㄟ
悠遊卡

Mesin membeli kartu MRT
ㄇㄣˇㄒㄧㄣ ㄇㄣˇㄅㄜㄉㄧ ㄍㄚㄉㄜㄉㄨ ㄣˇㄚㄉㄜㄉㄧˇㄟ
捷運售票機

Naik bis
ㄋㄞˊ ㄅㄧˇㄥ˙
上車

Turun bis
ㄉㄨㄉㄨㄣ ㄅㄧˇㄥ˙
下車

Tempat duduk
ㄅㄥㄅㄚˇ˙ ㄉㄨㄉㄨˇ
座位

Denah jalan
ㄅㄟㄋㄢ ㄐㄧㄚㄉㄢˇ
路線圖

Jadwal berangkat
ㄐㄧㄚㄉㄨㄨㄚ ㄅㄜㄖㄢˇㄍㄚ˙
時刻表

Macet
ㄇㄚㄓㄜˇ
塞車

Pom bensin
ㄅㄥ ㄅㄣㄒㄧㄥˇ
加油站

Tempat parkir
ㄅㄥㄅㄚ ㄅㄚㄉㄜㄍㄧˊㄌㄜ
停車場

Dimana dapat memanggil taxi ?
ㄅㄧㄇㄚㄋㄣ ㄉㄚㄅㄚ ㄇㄣㄇㄢˇㄧㄡㄉㄜ ㄅㄚ‧ㄒㄧˇ
哪裡可以叫到計程車？

Mohon menolong saya untuk memanggil taxi.
ㄇㄛㄏㄣˇ ㄇㄣㄋㄛˊㄌㄨㄥ ㄙㄚㄧㄚ ㄨㄣˇㄅㄨ ㄇㄣㄇㄢˇㄧㄡㄉㄜ ㄅㄚ‧
ㄒㄧˇ
請幫我叫一部計程車。

Mohon mengantar saya ke tempat ini.
ㄇㄛㄏㄣˇ ㄇㄣㄢˇㄅㄚ ㄙㄚㄧㄚ ㄍㄜㄅㄥㄅㄚ ㄧㄋㄧˇ
請載我到這個地方。

Mohon menunggu sebentar.
ㄇㄛㄏㄣˇ ㄇㄣㄋㄨㄍㄨ ㄙㄜㄇㄣㄅㄚˇㄌㄜ
請等一會兒。

Mohon cepat sedikit , saya sudah terlambat.
ㄇㄛㄏㄣˇ ㄓㄜㄎㄚ ㄙㄜㄉㄧㄍㄧ , ㄙㄚㄧㄚ ㄙㄨㄉㄚ ㄅㄥˇㄌㄚㄅㄚˇ
請快一點，我已經遲到了。

Mohon untuk membiarkan saya turun disini.
ㄇㄛㄏㄣˇ ㄨㄣㄅㄨ ㄇㄣㄅㄧㄧㄚㄍㄢ ㄙㄚㄧㄚ ㄅㄨㄌㄨㄣㄟ
ㄅㄧㄒㄧㄋㄧˇ
請讓我在這兒下車。

Berapa biaya transportasi ?
ㄅㄜㄌㄚㄅㄚ‧ ㄅㄧˇㄧㄚㄧㄚ ㄌㄢˇㄙㄣㄛㄉㄚㄒㄧˇ
車費是多少？

Mau pergi ke Surabaya naik bis apa ?
ㄇㄠ ㄅㄜㄉㄜㄍㄧ ㄍㄜ· ㄙㄨㄌㄚㄅㄚㄧㄚ ㄋㄞˇ ㄅㄧㄥ· ㄚㄅㄚˇ
要到泗水該搭哪一班公車？

Tempat naik bis paling dekat disini dimana ?
ㄉㄥㄅㄚ ㄋㄞˇ ㄅㄧㄥ· ㄅㄚㄌㄧㄥ ㄉㄜㄍㄚ ㄅㄧㄒㄧㄋㄧ
ㄉㄧㄇㄚㄋㄚˊ
最近的公車停靠站在哪兒？

Saya ingin turun di penyetopan berikutnya
ㄙㄚㄧㄚ ㄧㄣㄟㄧㄣ ㄉㄨㄌㄨㄣ ㄉㄧ ㄅㄣˇㄧㄡˇㄉㄜㄅㄢˇ
ㄅㄜˇㄌㄧㄍㄨㄧㄢˇ
我要在下一站下車。

Apakah bis ini lewat Surabaya ?
ㄚㄅㄚㄍㄚ ㄅㄧㄥ· ㄧㄋㄧˇ ㄌㄟˇㄨㄚ ㄙㄨㄌㄚㄅㄚˇㄧㄚˊ
這部公車開往泗水嗎?

Apakah dapat memberikan kepada saya
denah jalan kereta api bawah tanah ?
ㄚㄅㄚㄍㄚ ㄉㄚㄅㄚ ㄇㄣㄅㄜㄉㄧㄍㄢ ㄍㄜㄅㄚㄉㄚ ㄙㄚㄧ
ㄉㄟㄋㄢˇ ㄐㄧㄚㄋㄢˇ ㄍㄜㄌㄟㄉㄚ ㄚㄅㄧ ㄅㄚㄨㄚ ㄉㄚˇㄋㄚˇ
可以給我一張地下鐵的路線圖嗎？

Mohon memberikan kepada saya karcis sekali pergi ke Bandung.
ㄇㄜㄏㄣ ㄇㄣㄅㄜㄉㄧㄍㄢ ㄍㄜㄅㄚㄉㄚ ㄙㄚㄧ ㄍㄚㄌㄜㄐㄧㄥ
ㄙㄜㄍㄚㄌㄧ ㄅㄜㄉㄜㄍㄧ ㄍㄜ ㄅㄢˇㄌㄨㄥˋ
請給我一張到萬龍的單程車票。

Saya ingin memesan tempat duduk di gerbong 5.
ㄙㄚㄧㄚ ㄧㄣˇㄧㄣ ㄇㄣㄇㄜㄙㄢ ㄉㄧㄥˇㄅㄚ ㄉㄨㄉㄨ ㄉㄧ
ㄍㄜㄉㄜㄅㄥ ㄉㄧㄇㄚˇ
我要預訂第五列車的座位。

2 karcis express ke Bandung.
ㄅㄨㄨㄚ ㄍㄚㄉㄜㄐㄧㄥ· ㄟˇㄙ·ㄅㄜㄟㄙ· ㄍㄜ ㄅㄢˇㄌㄨㄥˋ
兩張到萬龍的快車票。

Dimana saya semestinya mengganti kendaraan ?

ㄉㄧㄇㄚㄋㄚ ㄙㄚㄧㄚ ㄙㄣㄇㄜㄙㄉㄧㄥㄧㄚˇ ㄇㄣㄍㄍㄢㄉㄧ
ㄍㄜㄉㄥˇㄋㄚㄢˇ

我該在哪兒換車？

Trem ini berhenti dimana ?

ㄉㄜㄉㄣ ㄧㄋㄧˇ ㄅㄜㄉㄜㄏㄣˇㄉㄧ ㄉㄧㄇㄚㄋㄚˊ

這一部電車在萬龍停嗎？

Saya ketinggalan kereta.

ㄙㄚㄧㄚ ㄍㄜㄉㄧㄥㄍㄚㄋㄢ ㄍㄜㄉㄟㄉㄚˇ

我沒趕上火車。

Jam berapa kereta berikutnya berangkat ?

ㄐㄧㄤˇ ㄅㄜㄉㄚㄅㄚ · ㄍㄜㄉㄟˇˇㄅㄚ ㄅㄜㄉㄧㄍㄨㄚˊ
ㄅㄜㄛㄢˇㄍㄚˊ

下一班車幾點開呢？

Tempat duduk ini ada orang yang duduk ?

ㄉㄥˇㄅㄚ ㄉㄨㄉㄨ · ㄧㄋㄧˇ ㄚㄉㄜ ㄛㄋㄚˇ ㄧㄤˇ ㄉㄨㄉㄨˊ

這個位子有人坐嗎？

Saya ingin menyewa sebuah mobil.

ㄙㄚㄧㄚ ㄧㄣㄅㄟㄣ ㄇㄣㄧㄝˊㄨㄚ ㄙㄜㄅㄨㄨㄚ ㄇㄛㄅㄧˇㄦ

我要租一部汽車。

Saya suka satu mobil kecil.

ㄙㄚㄧㄚㄙㄨㄍㄚ ㄙㄚㄅㄨ ㄇㄛㄅㄧˇㄦ ㄍㄜ · ㄐㄧㄡˇ

我喜歡一輛小型車。

Saya suka satu mobil travel besar.

ㄙㄚㄧㄚ ㄙㄨㄍㄚ ㄙㄚㄅㄨ ㄇㄛㄅㄧˇㄦ ㄅㄜㄉㄟㄈㄡ
ㄅㄜㄙㄚˇㄉㄚˇ

我喜歡一輛大型旅行車。

Berapa biaya untuk satu hari ?

ㄅㄜㄉㄚㄅㄚ ㄅㄧˇㄧㄚ一ㄚ ㄨㄣˇㄉㄨ ㄙㄚㄅㄨ ㄏㄚㄉㄧ

一天多少錢？

Mohon untuk memberikan kepada saya daftar harga.

ㄇㄛㄏㄣ ㄨㄣˇㄅㄨ ㄇㄣㄅㄜㄅㄧㄍㄢ ㄍㄜㄅㄚㄅㄚ ㄙㄚㄧㄚ
ㄅㄚㄈㄨㄅㄚㄌㄜ ㄏㄚㄌㄜㄍㄚˇ

請給我看一下價目表。

Saya sudah menghitung asuransi tidak terduga didalamnya.

ㄙㄚㄧㄚ ㄙㄨㄅㄚ ㄇㄥㄏㄧㄅㄨㄣ ㄚㄙㄨㄖㄖㄢㄒㄧ　ㄊㄧㄅㄚˇ
ㄅㄜㄅㄨㄍㄢ ㄊㄧㄅㄚㄅㄋㄧㄚˇ

我要將意外險包括在內。

Apakah saya dapat mengembalikan mobil ditempat tujuan ?

ㄚㄅㄚㄍㄚ ㄙㄚㄧㄚ ㄅㄚㄅㄚˇ ㄇㄥㄢˇㄅㄚㄅㄧㄍㄢ ㄇㄛㄅㄧㄦ
ㄅㄧㄅㄣㄅㄚ ㄊㄨㄐㄧㄡˇㄢˇ

我可以在目的地還車嗎？

Apakah ada pom bensin disekitar sini ?

ㄚㄅㄚㄍㄚ ㄚㄅㄚ ㄅㄥˇ ㄅㄧㄅㄣㄒㄧㄣ ㄅㄧˇㄒㄧˇㄍㄧㄅㄚㄅㄜ
ㄒㄧㄋㄧˇ

附近有加油站嗎？

Roda saya bocor.

ㄅㄛㄅㄚ ㄙㄚㄧㄚ ㄅㄛㄓㄡˇㄅㄜ

我的輪胎爆了。

Mohon untuk mengisi penuh bensin.

ㄇㄛㄏㄣ ㄨㄣㄅㄨ ㄇㄥㄋㄧㄒㄧ　ㄅㄅㄋㄨ ㄅㄧㄅㄥˇㄒㄧㄣˇ

請加滿汽油。

Mobil saya rusak.

ㄇㄛㄅㄧㄡ ㄙㄚㄧㄚ ㄅㄨㄙㄚㄟ

我的車子故障了。

Pelajaran 20

Bertanya jalan
ㄅㄜㄉㄜㄅㄌㄧㄚ ㄐㄧㄚㄌㄢˇ
問路

MP3 20

Timur
ㄅㄧㄇㄨㄟㄉㄜ•
東

Barat
ㄅㄚㄌㄚˇ
西

Selatan
ㄙㄜㄉㄚㄉㄢˇ
南

Utara
ㄨㄉㄚㄉㄚˇ
北

Didepan
ㄅㄧㄉㄜㄅㄢˇ
前

Dibelakang
ㄅㄧㄅㄜㄉㄚㄍㄢˇ
後

Kiri
ㄍㄧㄉㄧˇ
左

Kanan
ㄍㄚㄋㄢˇ
右

Jauh
ㄐㄧㄚㄨˇ
遠

Dekat
ㄅㄜㄍㄚˇ
近

Jalan terus
ㄐㄧㄚㄌㄢˇ ㄅㄜㄉㄨㄟㄙ•
直走

Dibelokan jalan
ㄅㄧㄅㄟˇㄉㄜㄍㄢ ㄐㄧㄚㄌㄢˇ
轉角處

Diseberang jalan
ㄅㄧㄙㄜㄅㄜㄋㄢˇ ㄐㄧㄚㄌㄢˇ
對面

Disini
ㄅㄧㄒㄧㄋㄧˇ
這裡

Disana
ㄅㄧㄙㄚㄋㄚˇ
那裡

Dimana
ㄅㄧㄇㄚㄋㄚˊ
哪裡

Penunjuk jalan
ㄅㄜㄋㄨㄐㄧㄡˋ • ㄐㄧㄚㄌㄢˇ
路標

Zebra cross
ㄙㄟㄅㄨㄌㄚ ㄎㄡˇㄙ •
斑馬線

Lampu merah
ㄌㄢㄅㄨ ㄇㄟㄌㄢˇ
紅綠燈

Perempatan jalan
ㄅㄜㄌㄧㄣˇㄅㄚㄌㄢ ㄐㄧㄚㄌㄢˇ
十字路口

Tempat berjalan kaki
ㄅㄥㄅㄚ ㄛㄌㄢˇ ㄅㄜ ㄐㄧㄚㄌㄢˇ ㄍㄚㄍㄧˊ
人行道

Tersesat
ㄅㄜㄌㄜㄙㄙㄚˇ
迷路

Mohon untuk menunjukkan kepada saya jalan menuju Museum?
ㄇㄛㄏㄣ ㄨㄣˋㄅㄨ ㄇㄣㄋㄨˇㄐㄧㄡㄍㄢ ㄍㄜㄅㄚ一ㄚ ㄙㄚ一ㄚ
ㄐㄧㄚㄌㄢˇ ㄇㄣㄋㄨ一ㄐㄧㄡ ㄇㄨ•ㄒ一 ㄨㄣㄣ
請你指示我博物館該怎麼走好嗎？

Di perempatan jalan berikutnya belok kanan.
ㄅ一 ㄅㄣˇㄌㄜㄅㄚˇㄅㄢ ㄐㄧㄚㄌㄢˇ ㄅㄜㄌㄧˇㄍㄨ一ㄚ ㄅㄟㄌㄛˇ
ㄍㄚㄌㄢˇ
在下一個街角向右轉。

Di lampu merah kedua belok kiri.
ㄅ一 ㄌㄢˇㄅㄨ ㄇㄟㄌㄚ ㄍㄜㄅㄨ ㄚ ㄅㄟㄌㄛˇ ㄍㄧㄌㄧˇ
在第二個紅綠燈的地方向左轉。

Dari sebelah kanan jalan ketiga jalan terus.
ㄅㄚㄉㄧˇ ㄙㄜㄅㄜㄉㄚ ㄍㄚㄋㄢˇ ㄐㄧㄚㄉㄢˇ ㄍㄜㄉㄧㄍㄚ
ㄐㄧㄚㄉㄢˇ ㄅㄜㄉㄨˇㄙ
從右邊第三條路走。

Di perempatan jalan belok kiri.
ㄅㄧ ㄅㄣˇㄉㄜㄅㄚㄅㄢ ㄐㄧㄚㄉㄢˇ ㄅㄟㄉㄛˊ ㄍㄧㄉㄧˇ
在十字路口向左轉。

Mohon di denah tunjukkan sekarang saya berada dimana ?
ㄇㄛㄏㄣ ㄅㄧ ㄉㄧㄢˊㄋㄢ ㄉㄨㄣˇㄐㄧㄡㄍㄢˇ ㄙㄜㄍㄚㄉㄢˇ
ㄙㄚㄧㄚ ㄅㄜㄋㄚㄉㄚ ㄅㄧㄇㄚㄋㄚˇ
請在這一張地圖上指給我看現在在哪裡？

Apakah dijalan sini ada bangunan yang lebih menyolok ?
ㄚㄅㄚㄍㄚ ㄅㄧㄐㄧㄚㄉㄢˇ ㄒㄧㄋㄧˇ ㄚㄉㄚ ㄅㄢˇㄨㄣˇㄋㄚ
ㄧㄤˇ ㄉㄜㄅㄧ ㄇㄣˇㄧㄡˇㄉㄡˊ
這一條路上有什麼比較醒目的建築物嗎？

Manakah yang lebih baik pergi naik kereta api bawah tanah atau
naik bis ?
ㄇㄚㄋㄚㄍㄚ ㄧㄤˇ ㄉㄜㄅㄧ ㄅㄞˊ ㄅㄜㄉㄜㄍㄧˊ ㄋㄞˇ
ㄍㄜㄉㄟㄉㄚ ㄚㄅㄧ ㄅㄚㄨㄚ ㄉㄚㄋㄚˇ ㄚㄉㄛˇ ㄋㄞˇ ㄅㄧˊㄙ
坐地下鐵還是搭公車去，哪一種比較好？

Apakah disana dekat terminal kereta api bawah tanah ?
ㄚㄅㄚㄍㄚ ㄅㄧㄙㄚㄋㄚ ㄉㄜㄍㄚ ㄅㄜㄉㄜㄇㄧㄋㄚ ㄍㄜㄉㄟㄉㄚ
ㄚㄅㄧ ㄅㄚㄨㄚˊ ㄅㄚˇㄋㄚˇ
那裡靠近地下火車站嗎？

Mohon memberitahu saya bagaimana pergi kesana ya ?
ㄇㄛㄏㄣ ㄇㄣˊㄅㄜㄉㄧㄅㄚˇㄨ ㄙㄚㄧㄚ ㄅㄚㄍㄟˇㄇㄚㄋㄚ
ㄅㄜㄉㄜㄍㄧˊ ㄙㄢˇㄋㄚˇ ㄧㄚˊ
請你告訴我怎麼去那裡好嗎？

Apakah kamu dapat membantu saya membuat sketsa ?
ㄚㄅㄚㄍㄚ ㄍㄚㄇㄨˊ ㄉㄚˇㄅㄚˊ ㄇㄣˇㄅㄢˇㄉㄨ ㄙㄚㄧㄚ
ㄇㄣㄅㄨㄨㄚ ㄙㄍㄟˇㄙㄚˊ
你能夠幫我畫一張圖嗎？

Mohon memberitahu saya bagaimana pergi ke Hotel Hilton ?

ㄇㄛㄏㄣ ㄇㄣㄅㄜㄉㄧㄅㄚ∨ㄨ ㄙㄚㄧㄚ ㄅㄚㄍㄟ∨ㄇㄚㄋㄢ∨
ㄅㄜㄉㄜㄍㄧˊ ㄍㄜ ㄏㄡㄉㄟˉㄡ ㄏㄧㄡㄉㄣ∨

請告訴我希爾頓飯店怎麼去法？

Maaf , mohon kamu bicara sekali lagi ya ?

ㄇㄚㄚㄈㄨ, ㄇㄛㄏㄣ ㄍㄚㄇㄨ ㄅㄧㄐㄧㄚㄉㄚ ㄙㄜㄍㄚㄉㄧ
ㄉㄚㄍㄧˊ ㄧㄚˊ

抱歉，請你再講一遍好嗎？

Dimana ada telepon umum ?

ㄅㄧㄇㄚㄋㄚˋ ㄚㄉㄚ ㄅㄜㄉㄜㄈㄣˋ ㄨㄣㄇㄨㄣ

哪裡有電話亭？

Kencan
《ㄣㄓㄢˇ
約會

Saya ingin berkencan dengan Mr. Hill.
ㄙㄚㄧㄚ ㄧㄣˇㄧㄣ ㄅㄜㄉㄜˇ《ㄣㄓㄢ ㄅㄥˇㄢˇ ㄇㄧㄥㄉㄜ. ㄏㄧㄧㄡˋ
我想跟希爾先生約會。

Saya tidak tahu apakah kamu mempunyai waktu bertemu saya senin depan.
ㄙㄚㄧㄚ ㄉㄧㄉㄚ ㄉㄚ˙ㄏㄨˋ ㄚㄅㄚ《ㄚ 《ㄚˇㄇㄨˇ
ㄇㄣㄅㄇㄟㄤˇ ㄨㄚㄅㄨˋ ㄅㄜㄉㄜㄇㄨ ㄙㄚㄧㄚˊ ㄙㄜㄋㄧˇ
ㄉㄜㄅㄢˇ
我不知道星期一你有沒有時間跟我見面。

Apakah kamu dapat bersama-sama saya makan siang ?
ㄚㄅㄚ《ㄚ 《ㄚㄇㄨ ㄉㄚˇㄅㄚˊ ㄅㄜㄉㄜㄙㄚㄇㄚ-ㄙㄚㄇㄚ
ㄙㄚㄧㄚ ㄇㄚ《ㄢˇ ㄒㄧㄧㄤˊ
你能不能和我一塊兒吃午飯呢？

Apakah kamu ada waktu pada hari selasa ?
ㄚㄅㄚ《ㄚ 《ㄚㄇㄨ ㄚㄉㄚ ㄨㄚㄅㄨ ㄅㄚㄉㄚ ㄏㄚㄉㄧ ㄙㄉㄚㄙㄚˊ
星期二可以嗎？

Kapan lebih luang ?
《ㄚㄅㄢˇ ㄉㄜㄅㄧ ㄉㄨㄤˇ
什麼時候比較方便？

Dimana kita dapat bertemu ?
ㄅㄧㄇㄚㄋㄚˋ 《ㄧㄅㄚ ㄉㄚˇㄅㄚˊ ㄅㄜㄉㄜㄉㄚㄇㄨˊ
我們在哪兒見面？

Saya takut hari selasa tidak dapat pergi.
ㄙㄚㄧㄚ ㄉㄚㄍㄨˇ ㄏㄚㄌㄧ ㄙㄌㄚㄙㄚ ㄉㄧㄉㄚ ㄌㄚˇㄅㄚˊ ㄅㄜㄍㄧˊ
我恐怕星期二無法赴約。

Hal yang tidak dapat dihindari terjadi.
ㄏㄚ ㄧㄤˇ ㄉㄧㄉㄚˇ ㄌㄚˇㄅㄚˊ ㄉㄧㄏㄧㄣˇㄌㄚㄌㄧˇ
ㄉㄜㄌㄜㄐㄧㄚㄌㄧˇ
某種無法避免的事情發生了。

Kita pindah hari ya ?
ㄍㄧㄉㄚ ㄅㄧㄣˇㄉㄚ ㄏㄚㄌㄧˇ ㄧㄚˊ
我們改天好嗎？

Kapan kamu ada waktu , saya selalu luang.
ㄍㄚㄅㄢˇ ㄍㄚㄇㄨ ㄚㄌㄚ ㄨㄚㄉㄨ ,ㄙㄚㄧㄚ ㄙㄌㄚㄌㄨ ㄌㄨ ㄢˇ
任何你適合的時間，我都可以。

Saya suka pagi hari.
ㄙㄚㄧㄚ ㄙㄨㄍㄚ ㄅㄚㄍㄧ ㄏㄚㄌㄧˇ
我喜歡早上。

Maaf , membuat kamu lama menunggu.
ㄇㄚㄚ•ㄈㄨ•, ㄇㄣㄅㄨ ㄚ ㄍㄚㄇㄨ ㄌㄚˇㄇㄚˊ ㄇㄣㄋㄨㄍㄨˇ
抱歉，讓你久等了。

Bangunan
ㄅㄢˇ ㄍㄨㄣˇ ㄋㄢˇ

建築物

MP3 22

Kantor polisi
ㄍㄢㄅㄛㄉㄜ ㄅㄛㄉㄧㄇㄧˇ
警察局

Toko serba ada
ㄅㄛㄍㄛ ㄙㄜㄉㄜㄅㄚ ㄚㄉㄚˇ
便利商店

Kantor pos
ㄍㄢㄅㄛㄉㄜ ㄅㄛˇㄙ
郵局

Bank
ㄅㄢˇ
銀行

Departement Store
ㄅㄜㄅㄚㄉㄜㄅㄜㄇㄟ ㄙㄅㄛˇㄉㄜ
百貨公司

Taman
ㄅㄚ•ㄇㄢˇ
公園

Gedung olahraga
ㄍㄜㄅㄨㄣ ㄛˇㄌㄚˇㄉㄚㄍㄚˇ
體育館

Gereja　　　Kuil
ㄍㄜㄌㄟㄌㄧㄚˋ　ㄍㄨ ㄧˇ ㄦˇ
教堂　　　　寺廟

Tempat hiburan
ㄅㄣㄅㄚ ㄏㄧㄅㄨㄌㄢˇ
遊樂園

Kebun binatang
ㄍㄜㄅㄨㄣ ㄅㄧㄋㄚˇㄉㄢˇ
動物園

Musium
ㄇㄨㄒㄧㄩㄥˇ
博物館

Galeri kesenian
ㄍㄚㄌㄟㄌㄧ ㄍㄜㄙㄣˇㄋㄧ ㄧㄤˇ
美術館

Bioskop
ㄅㄧ ㄛ ㄙㄍㄛˋ
電影院

Apotik
ㄚㄅㄛㄉㄧˋ
藥局

Rumah sakit
ㄌㄨㄇㄚ ㄙㄚㄍㄧˊ
醫院

Toko buku
ㄅㄛㄍㄛ ㄅㄨㄍㄨˇ
書店

Laut
ㄌㄚ ㄨ•
海

Mata air panas
ㄇㄚㄅㄚ ㄚ一ㄌㄜ ㄅㄚㄋㄚˇㄙ
溫泉

Pantai
ㄅㄢㄅㄞˇ
沙灘

Bola basket
ㄅㄛㄌㄚ ㄅㄚㄙㄍㄟˇ
籃球

Pelabuhan
ㄅㄜㄌㄚˇㄅㄨㄏㄢˇ
港口

Bola volley
ㄅㄛㄌㄚ ㄈㄛㄌㄧˇ
排球

Danau
ㄅㄚㄋㄠˇ
湖

Bulu tangkis
ㄅㄨㄌㄨ ㄅㄢㄍㄧˇㄙ
羽球

Pertanian
ㄅㄜㄌㄜㄅㄚˇㄋㄧ ㄌㄢˇ
農場

Tenis
ㄅㄜㄋㄧˇㄙ
網球

Hutan
ㄏㄨㄅㄢˋ
森林

Bola kasti
ㄅㄛㄌㄚ ㄍㄚㄙ•ㄅㄧˇ
棒球

Perkemahan
ㄅㄜㄅㄜㄍㄟˇㄇㄚㄏㄢˇ
露營

Bola kaki
ㄅㄛㄌㄚˇ ㄍㄚㄍㄧˇ
足球

Memanggang daging
ㄇㄜㄇㄢ ˇㄍㄢ ㄅㄚㄍㄧㄣˇ
烤肉

Tenis meja
ㄅㄟㄋㄧˇㄙ ㄇㄟㄐㄧㄚˇ
桌球

Bilyar
ㄅㄧㄌㄧㄧㄚㄌㄚˇ
撞球

Bowling
ㄅㄛㄌㄧㄣˇ
保齡球

Golf
ㄍㄛˇㄈㄨ˙
高爾夫球

Berenang
ㄅㄜㄌㄜㄋㄢˇ
游泳

Berlari
ㄅㄛㄌㄜㄌㄚㄌㄧˇ
跑步

Naik gunung
ㄋㄞˇㄧ ㄍㄨㄋㄨˇ
爬山

Bermain ski disalju
ㄅㄛㄌㄜㄇㄚㄧㄣˇ ㄙㄜㄍㄧ ㄉㄧㄙㄚㄐㄧㄡ˙
滑雪

Naik kuda
ㄋㄞˇㄧ ㄍㄨˇㄉㄚˇ
騎馬

Sumo
ㄙㄨㄇㄛˇ
相撲

Yoga
ㄧㄡㄍㄚˇ
瑜珈

Apakah malam ini ada kegiatan olahraga ?

ㄚㄅㄚㄍㄚ ㄇㄚㄌㄧㄚˇ ㄧㄋㄧˇ ㄚㄅㄚ ㄍㄜㄍㄧㄧㄚㄅㄢˇ
ㄛㄌㄚㄌㄚˇㄍㄚ

今晚有甚麼體育活動?

Berapa group yang ikut pertandingan ?

ㄅㄜㄌㄚㄅㄚ ㄍㄜㄌㄛˇ ㄧㄤˇ ㄧㄍㄨˇ ㄅㄜㄌㄜㄅㄢˇㄌㄧㄣˇㄢ

哪幾隊參加比賽呢?

Kapan mulai pertandingan bola berikutnya ?

ㄍㄚㄅㄢˇ ㄇㄨㄌㄞˇ ㄅㄜㄌㄜㄅㄢˇㄌㄧㄣˇㄢ ㄅㄛㄌㄚˇ
ㄅㄜㄌㄧㄍㄨㄤˊ

下場球賽什麼時候開始?

Malam ini siapa yang mengikuti pertandingan tinju ?

ㄇㄚㄌㄚˇ ㄧㄋㄧˇ ㄒㄧˇㄚㄅㄚ ㄧㄤˇ ㄇㄜㄋㄧˊㄍㄨㄉㄧ
ㄅㄜㄌㄜㄅㄢˇㄌㄧㄣˇㄢ ㄅㄧㄣㄐㄩ

今晚誰參加拳賽呢?

Kapan pertandingan akan dimulai ?

ㄍㄚㄅㄢˇ ㄅㄜㄌㄜㄅㄢˇㄌㄧㄣˇㄢ ㄚㄍㄢˇ ㄅㄧㄇㄨㄌㄞˊ

比賽什麼時候開始?

Dimana saya dapat membeli tiket masuk ?

ㄅㄧㄇㄚㄋㄚˋ ㄙㄚㄧㄚ ㄌㄚˇㄅㄚ ㄇㄜㄅㄜㄌㄧ ㄅㄧㄍㄚ ㄇㄚㄙㄨˊ

我到哪兒才能買到門票呢?

Apakah malam ini ada acara hiburan ?

ㄚㄅㄚㄍㄚ ㄇㄚㄌㄧㄚˇ ㄧㄋㄧˇ ㄚㄌㄚˇ ㄚㄐㄧㄚ ㄏㄧㄅㄨㄌㄢˇ

今晚有甚麼娛樂節目嗎?

Theater Palace sedang putar film apa ?

ㄅㄧㄧㄚㄌㄚㄌㄜ ㄆㄌㄟˇㄙ ㄙㄜㄌㄢˇ ㄅㄨㄉㄚㄌㄜ ㄈㄟㄌㄣˇ
ㄚㄅㄚˇ

皇宮戲院正在上映什麼片子?

Film mandarin apa yang sedang diputar dipusat kota ?
ㄈㄟˋㄅㄣˇ ㄇㄢˊㄅㄚˊㄌㄧㄣˊ ㄚˋㄅㄚ ㄧㄤˇ ㄙㄜˋㄅㄢˊ
ㄅㄧˊㄅㄨㄅㄚˊㄌㄚ ㄅㄧˊㄅㄨㄙㄚˋ ㄍㄛˇㄅㄚˇ
市內有什麼中國電影在上映嗎？

Apakah malam ini ada konser musik ?
ㄚˋㄅㄚㄍㄚ ㄇㄚˊㄌㄢˇ ㄧㄋㄧˇ ㄚˊㄅㄚ ㄍㄨㄥˇㄙㄜˋㄅㄜ ㄇㄨㄟˋㄒㄧˊ
今晚有音樂演奏會嗎？

Apakah malam ini ada pertunjukan balet ?
ㄚˋㄅㄚㄍㄚ ㄇㄚˊㄌㄢˇ ㄧㄋㄧˇ ㄚˊㄅㄚ ㄅㄜˋㄅㄨㄐㄧㄡˇㄍㄢ ㄅㄚˊㄌㄟˋ
今晚有芭蕾舞表演嗎？

Apakah saya masih dapat membeli tiket masuk acara malam ini ?
ㄚˋㄅㄚㄍㄚ ㄙㄚˊㄧㄚ ㄇㄚˊㄒㄧ ㄅㄚˊㄅㄚˊ ㄇㄥˋㄅㄜˊㄌㄧ ㄅㄧˊㄍㄚ
ㄇㄚˋㄙㄨˊ ㄚㄐㄧˊㄚˊㄌㄚˇ ㄇㄚˊㄌㄢˇ ㄧㄋㄧˇ
我還能買到今晚節目的門票嗎？

Saya ingin membeli 2 karcis dibalkon lantai 2.
ㄙㄚˊㄧㄚ ㄧㄥˊㄧㄣ ㄇㄥˋㄅㄜˊㄌㄧ ㄅㄨㄨㄚ ㄍㄚㄐㄧㄥ
ㄅㄧˊㄅㄚˊㄍㄨㄥˇ ㄌㄢˇㄅㄞ ㄅㄨㄨㄚ
我想買兩張二樓的包廂票。

Apakah kamu masih ada tempat duduk dibawah bagian depan ?
ㄚˋㄅㄚㄍㄚ ㄍㄚㄇㄨ ㄇㄚˊㄒㄧ ㄚˊㄅㄚˇ ㄅㄥˊㄅㄚˇ ㄅㄨˊㄅㄨ
ㄅㄧˊㄅㄚˊㄨㄚ ㄅㄚˊㄍㄧˊㄢ ㄌㄜˋㄅㄢˇ
你們還有樓下前排的座位嗎？

Kapan pertunjukan akan berakhir ?
ㄍㄚˊㄅㄢˇ ㄅㄣˇㄅㄨˋㄐㄧㄡˇㄍㄢ ㄚˊㄍㄢˋ ㄅㄜˋㄌㄚˊㄏㄧˊ ㄜ
表演什麼時候結束？

Berikan saya satu lembar daftar acara pertunjukan ya ?
ㄅㄜˋㄌㄧˊㄍㄢ ㄙㄚˊㄧㄚ ㄙㄚˊㄅㄨˇ ㄌㄥˊㄅㄚˊㄌㄜ ㄌㄚㄈㄨ・ㄅㄚ
ㄚㄐㄧˊㄧㄚˊㄌㄚ ㄅㄣˇㄅㄨˋㄐㄧㄡˇㄍㄢˇ ㄧㄚˊ
給我一張節目單，好嗎？

Bagaimana saya dapat menemukan tempat duduk ya ?
ㄅㄚㄍㄟˇㄇㄚㄋㄚ ㄙㄚㄧㄚ ㄉㄚㄅㄚˇ ㄇㄣㄋㄜㄇㄨㄍㄢ
ㄉㄥˇㄅㄚ ㄉㄨㄉㄨㄟ ㄧㄚˊ
我怎樣找到座位呀？

Apakah kamu yakin duduk ditempat duduk yang benar ?
ㄚㄅㄚㄍㄚ ㄍㄚㄇㄨㄟ ㄧㄚ•ㄍㄧㄣˋ ㄉㄨㄉㄨㄟ ㄅㄧㄅㄥˇㄅㄚ
ㄉㄨㄉㄨㄟ ㄧㄤˇ ㄅㄜㄋㄚˇㄌㄜ•
你確定你坐對位子了嗎？

Berapa lama waktu istirahat ditengah pertunjukan ?
ㄅㄜㄉㄚㄅㄚ ㄌㄚㄇㄚˇ ㄨㄚㄉㄨ ㄧㄥㄉㄚㄏㄚˇ ㄉㄧˉㄅㄥˇㄚ
ㄅㄜㄉㄥˇㄐㄧㄡㄍㄢˇ
中間休息時間有多長？

Dimana stand menjual makanan kecil ?
ㄉㄧㄇㄚㄋㄚˋ ㄙㄣㄅㄣ ㄇㄣㄐㄧㄡㄨㄚ ㄇㄚㄍㄢˇ ㄍㄜ•ㄐㄧㄡˊ
賣小吃的櫃檯在哪兒？

Apakah ada night club disekitar hotel ini ?
ㄚㄅㄚㄍㄚ ㄚㄉㄚˇ ㄋㄞˇ ㄍㄜㄉㄚˇㄅ ㄉㄧㄥ•ㄍㄧㄅㄚㄉㄜ
ㄏㄜㄅㄟˇㄛ ㄧㄋㄧˇ
這一家旅館附近有什麼夜總會嗎？

Kapan dimulai pertunjukan tari-tarian ?
ㄍㄚㄅㄢˇ ㄉㄧㄇㄨㄋㄞˊ ㄅㄜㄅㄨㄐㄧㄡㄍㄢˇ ㄅㄚㄉㄧ ㄅㄚㄉㄧ ㄋㄢˇ
歌舞表演什麼時候開始？

Berapa biaya minimum charge ?
ㄅㄜㄉㄚㄅㄚ ㄅㄧㄧㄚㄧㄚˋ ㄇㄧㄋㄧㄇㄨㄣ ㄑㄚㄟㄙ•
有最低消費額嗎？

Membeli Barang
ㄇㄣˇㄅㄜˊㄌㄧˊ ㄅㄚㄖㄢˇ
購物

MP3 24

Jaket
ㄐㄧㄚˋㄍㄟˇ
夾克

Jeans
ㄐㄧㄣˇㄙ·
牛仔褲

Baju jas gaya barat
ㄅㄚㄐㄧㄩ ㄐㄧㄚㄙ· ㄍㄚㄧㄚ ㄅㄚㄌㄚˇ
西裝

Baju tidur
ㄅㄚㄐㄧㄩ ㄊㄧˊㄉㄨㄌㄜ
睡衣

Baju gaya barat
ㄅㄚㄐㄧㄩ ㄍㄚㄧㄚ ㄅㄚㄌㄚˇ
洋裝

Baju renang
ㄅㄚㄐㄧㄩ ㄌㄜㄋㄢˇ
泳裝

Sweater
ㄙㄨㄩㄊㄜˋ
毛衣

Celana dalam
ㄓㄜㄌㄚㄋㄚ ㄅㄚˇㄌㄢˇ
內褲

Kemeja
ㄍㄜㄇㄟˊㄐㄧㄚ
襯衫

BH
ㄅㄟˊㄏㄚˋ
胸罩

Kaos
ㄍㄚ ㄛˇㄙ
T恤

Dasi
ㄅㄚㄒㄧˇ
領帶

Rok
ㄌㄛˇ
裙子

Kaos kaki
ㄍㄚ ㄛˇㄙ· ㄍㄚㄍㄧˇ
襪子

Celana
ㄓㄜㄌㄚㄋㄚˇ
褲子

Stocking
ㄙㄅㄛㄎㄧㄣㄟ
絲襪

Sepatu berhak tinggi
ㄙㄜㄅㄚㄉㄨ ㄅㄜㄉㄜㄉㄜㄏㄚˋ ㄅㄧㄣㄍㄧˇ
高跟鞋

Sepatu kulit
ㄙㄜㄅㄚㄉㄨ ㄍㄨㄉㄧˇ
皮鞋

Sepatu olahraga
ㄙㄜㄅㄚㄉㄨ ㄛˇㄉㄚㄉㄚˇㄍㄚˋ
運動鞋

Kacamata
ㄍㄚㄐㄧㄚㄇㄚㄉㄚˇ
眼鏡

Kacamata untuk melindungi mata dari sinar matahari
ㄍㄚㄐㄧㄚㄇㄚㄉㄚˇ ㄨㄣㄉㄨ ㄇㄜㄉㄧㄣˇ
ㄉㄨㄥㄧ ㄇㄚㄉㄚ
ㄅㄚㄉㄧˇ ㄒㄧㄣㄢ ㄇㄚㄅㄚㄏㄚㄉㄧˇ
太陽眼鏡

Jam tangan
ㄐㄧㄤ ㄅㄤㄢˇ
手錶

Cincin
ㄐㄧㄣㄐㄧㄣˇ
戒子

Kalung
ㄍㄚㄉㄨㄥˇ
項鍊

Gelang tangan
ㄍㄜㄉㄢ ㄅㄤㄢˇ
手環

Anting
ㄢㄅㄧㄥˋ
耳環

Bros
ㄅㄜ・ㄉㄛˇㄙ・
胸針

Dompet
ㄉㄨㄥˇㄅㄟˋ
皮夾

Tas kerja
ㄅㄚㄙ・ ㄍㄜㄉㄜㄐㄧㄚˋ
公事包

Payung
ㄅㄚㄩㄥˇ
雨傘

Lip gloss
ㄌㄧ ㄍㄜㄉㄛˇㄙ・
護唇膏

Lipstick
ㄌㄧ ㄙㄅㄧ・
口紅

Pensil alis
ㄆㄣㄒㄧㄉㄜ ㄚㄌㄧㄙ・
眉筆

Maskara
ㄇㄚㄙㄍㄚㄉㄚˇ
睫毛膏

Eye shadow
ㄞˇ ㄒㄩㄝˇㄉㄛˇ
眼影

Toning lotion
ㄊㄨㄥㄋㄧㄥ ㄌㄜˇㄒㄧㄢˇ
化妝水

Foundation
ㄈㄤˇㄉㄟㄒㄧㄢˇ
粉底

Bedak
ㄅㄜ˙ㄉㄚˇ
蜜粉

Cream pembersih muka
ㄍㄜㄉㄧㄥ ㄅㄣˇㄅㄜㄒㄧ ㄇㄨㄍㄚˇ
卸妝乳

Skimmed Milk
ㄙㄍㄧㄥ ㄇㄧㄠㄟㄎ˙
乳液

Sun block
ㄙㄢˇ ㄅㄜㄉㄚˇㄎㄜ˙
防曬乳

Kutek
ㄍㄨㄉㄟˇ
指甲油

Zat cair untuk menghilangkan kutek
ㄐㄧㄚ ㄓㄧㄚㄧㄉㄜ ㄨㄣˇㄉㄨ ㄇㄣˇㄏㄧㄉㄚㄍㄢ ㄍㄨㄉㄟˇ
去光水

Sabun pencuci muka
ㄙㄚㄅㄨㄣˇ ㄅㄣˇㄓㄨㄐㄧ ㄇㄨㄍㄚˇ
洗面乳

Minyak wangi
ㄇㄧㄧㄚ ㄍㄨㄤㄣˇ
香水

Sisir
ㄒㄧㄒㄧㄉㄜ
梳子

Mohon untuk masuk.
ㄇㄛㄏㄣˇ ㄨㄣˇㄉㄨ ㄇㄚㄙㄨˇ
請進來。

Ini harganya berapa ?
ㄧˇㄋㄧˇ ㄏㄚㄉㄜㄍㄋㄧㄚ ㄅㄜㄉㄚˇㄅㄚˇ
這個多少錢？

Kami kekurangan barang.
ㄍㄚㄇㄧ ㄍㄜㄍㄨㄉㄚㄣ ㄅㄚㄉㄢˇ
我們缺貨了。

Saya ingin no. 38.
ㄙㄚㄧㄚ ㄧㄣˇㄧㄣ ㄋㄛˇㄇㄛㄉㄜ ㄅㄧㄍㄚㄅㄨㄉㄨ ㄅㄜㄉㄚˇㄅㄢˇ
我要三十八號的。

Apakah saya dapat mencoba memakai baju ini ?
ㄚㄅㄚㄍㄚ ㄙㄚㄧㄚ ㄉㄚˇㄅㄚ ㄇㄣㄐㄧㄡˇㄅㄚ ㄇㄛㄇㄚㄍㄚ
ㄅㄚㄐㄧㄩ ㄧㄋㄧˇ
這一件可以試穿嗎？

Baju ini terlalu besar.
ㄅㄚˇㄐㄧㄩˇ ㄧㄋㄧˇ ㄅㄜㄉㄚㄉㄨˇ ㄅㄜㄙㄚˇㄉㄜ
這一件太大。

Apakah ada yang lebih kecil ?
ㄚㄅㄚㄍㄚ ㄚㄉㄚˇ ㄧㄤˇ ㄌㄜㄅㄧ ㄍㄚㄐㄧˇㄦ
有小一點的嗎？

Apakah ada ukuran badan saya ?
ㄚㄅㄚㄍㄚ ㄚㄉㄚˇ ㄨㄍㄨㄉㄚˇ ㄅㄚㄉㄢˇ ㄙㄚㄧㄚ
有我的尺寸嗎？

Saya ingin melihat-lihat warna lain.
ㄙㄚㄧㄚ ㄧㄣˇㄧㄣ ㄇㄛㄉㄧㄏㄚ-ㄉㄧㄏㄚ ㄨㄚˇㄉㄜ˙ㄋㄚ ㄌㄚˇㄧㄣˇ
我想看看其他不同的顏色。

Berapa harga baju gaya barat ini ?
ㄅㄜㄉㄚㄅㄚ ㄏㄏㄉㄜㄍㄚ ㄅㄚㄐㄧㄩ ㄍㄚˇㄧㄚ ㄅㄚㄉㄚˇ ㄧㄋㄧˇ
這一件洋裝多少錢？

Apakah kamu mempunyai baju dengan motif yang sama tapi dengan corak yang berbeda?

ㄚㄅㄚㄍㄚˋ ㄍㄚㄇㄨㄟ ㄇㄣㄅㄨㄧㄚㄧˇㄧˇ ㄅㄚㄐㄧㄩ ㄉㄥˇㄧㄤˋ ㄇㄛㄉㄧㄈㄨ˙ ㄧㄤˇ ㄙㄚㄇㄚ ㄉㄚㄅㄧ ㄉㄥˇㄅㄢˇㄐㄧㄡˇㄉㄚ ㄧㄤˇ ㄅㄛㄜㄅㄟˇㄉㄚˇ

你們有同樣款式但不同圖案的嗎？

Mohon mengizinkan saya melihat-lihat sepatu bertumit rendah.

ㄇㄛㄏㄣ ㄇㄣㄧㄐㄧˇㄍㄢˇ ㄙㄚˇㄧㄚˇ ㄇㄛㄉㄧㄏㄚ-ㄉㄧㄏㄚ ㄙㄜㄅㄚㄉㄨ ㄅㄜㄉㄜㄅㄨㄇㄧ ㄉㄣㄉㄚˇ

請讓我看一看平底鞋。

Apakah dapat memberi saya korting ?

ㄚㄅㄚㄍㄚˋ ㄉㄚㄚˇㄅㄚ ㄇㄣㄜㄉㄧ ㄙㄚˇㄧㄚˇㄍㄛˇㄉㄜㄅㄧㄣˇ

能給我減一點價錢嗎？

Maaf , mohon mengizinkan saya melihat sebelah kanan kalung emas ketiga.

ㄇㄚㄚㄈㄨ˙,ㄇㄛㄏㄣ ㄇㄣㄧㄐㄧˇㄍㄢˇ ㄙㄚˇㄧㄚ ㄇㄛㄉㄧˇㄏㄚ ㄙㄜㄛㄜㄉㄚ ㄍㄢˇㄅㄢˇ ㄍㄚㄉㄨ ㄣˇㄇㄚㄙ˙ ㄍㄜㄉㄧㄍㄚˇ

對不起。請讓我看一下右邊第三條金項鍊。

Merek apa yang paling terkenal ?

ㄇㄟˇㄌㄟˇ ㄚㄅㄚˋ ㄧㄤˇ ㄅㄚㄉㄧㄣˇ ㄉㄜㄍㄣˇㄋㄠˇ

哪一種品牌最受歡迎？

Apakah ada surat jaminannya ?

ㄚㄅㄚㄍㄚ ㄚˇㄉㄚˇ ㄙㄨㄉㄚ ㄐㄧㄚㄇㄧㄋㄢˇㄧㄚˊ

附保證書嗎？

Saya ingin membeli ini.

ㄙㄚㄧㄚ ㄧㄣˇㄧㄣ ㄇㄣㄜㄉㄧ ㄧㄋㄧˇ

我要買這一個。

Kasir dimana ?

ㄍㄚㄒㄧㄉㄜ ㄉㄧㄇㄚㄋㄚˇ

出納在哪裡？

Semuanya berapa ?
ㄙㄜ‧ㄇㄨㄨㄚㄧㄚ ㄅㄜㄌㄚㄅㄚ
總共多少錢？

Saya pikir saya sudah memberi uang kembalian yang salah.
ㄙㄚㄧㄚ ㄅㄧㄍㄧㄌㄜ ㄙㄚㄧㄚ ㄙㄨㄉㄚ ㄇㄜㄅㄜㄌㄧ ㄨㄨㄤˇ
ㄍㄣˇㄅㄚㄌㄧㄧㄤ ㄧㄤˇ ㄙㄚˇㄌㄚˇ
我想零錢找錯了。

Apakah dapat membayar dengan travel voucher ?
ㄚㄅㄚㄍㄚ ㄉㄚˇㄅㄚ ㄇㄣㄅㄚㄧㄤˇ ㄉㄥˇㄋㄢˇ ㄓㄜㄈㄜ ㄈㄛˇㄔㄜˊ
可以用旅行支票付款嗎？

Mohon memberi saya bon.
ㄇㄛㄏㄣˇ ㄇㄣㄅㄜㄌㄧ ㄙㄚˇㄧㄚ ㄅㄣˇ
請給我收據。

Saya ingin menukar barang ini.
ㄙㄚㄧㄚ ㄧㄣˇㄧㄣ ㄇㄣㄋㄨㄍㄚㄌㄜ ㄅㄚˇㄉㄌㄢˇ ㄧㄋㄧˇ
我想退還這個。

Ukuran ini tidak benar.
ㄨㄍㄨㄌㄢˇ ㄧㄋㄧˇ ㄉㄧㄉㄚ ㄅㄜㄋㄚˇㄌㄜ
這個尺寸不對。

Saya ingin uang saya kembali.
ㄙㄚㄧㄚ ㄧㄣˇㄧㄣ ㄨㄨㄤˇ ㄙㄚㄧㄚ ㄍㄣˇㄅㄚㄌㄧˇ
我想退錢。

Saya ingin menukar ini dengan barang lain.
ㄙㄚㄧㄚ ㄧㄣˇㄧㄣ ㄇㄣㄋㄨㄍㄚㄉㄜ ㄧㄋㄧˇ ㄉㄥˇㄋㄢˇ ㄅㄚㄌㄢ
ㄌㄚㄧㄣˇ
我想把這個改換別的東西。

Pelajaran 25

Mencuci Baju secara Kering dan Basah

ㄇㄣㄓㄨㄐㄧ ㄅㄚㄐㄧㄥ ㄙㄜㄐㄧㄧㄚㄉㄚ ㄍㄜˇㄌ
ㄧㄣˇ ㄉㄥˇ ㄅㄚㄙㄚˇ

乾洗與洗衣

Apakah disekitar sini ada laundry untuk mencuci baju sendiri ?
ㄚㄅㄚㄍㄚ ㄅㄥㄍㄧㄅㄚ ㄒㄧㄋㄧˇ ㄚㄉㄚ ㄉㄥˇㄉㄧˇ
ㄨㄋˇㄅㄨ ㄇㄣㄓㄨㄐㄧˇ ㄅㄚ ㄙㄣˇㄉㄧˇㄉㄧˊ
附近有自助洗衣店嗎？

Dimana saya dapat menukar uang dengan uang kecil dengan
jumlah yang benar ?
ㄅㄧㄇㄚㄋㄋㄚ ㄙㄚㄧㄚ ㄉㄚㄅㄚ ㄇㄣㄋㄨㄍㄚㄉㄜ ㄨㄨㄤˇ
ㄅㄥˇㄅㄣ ㄨㄨㄤˇ ㄍㄜㄐㄧㄡㄉㄜ ㄅㄥˇㄤˇ ㄐㄧㄥˇㄅㄉㄚ
ㄧㄤˇ ㄅㄜㄋㄚㄉㄜ
我從哪兒可以換到正確數量的零錢？

Apakah disekitar sini ada laundry cuci kering ?
ㄚㄅㄚㄍㄚ ㄅㄥㄅㄧㄅㄚ ㄒㄧㄋㄧ ㄚㄉㄚˇ ㄉㄨㄙˊㄉㄧ
ㄓㄨㄐㄧ ㄍㄜㄉㄧˊ
附近有乾洗店嗎？

Saya ingin cuci kering baju-baju ini.
ㄙㄚㄧㄚ ㄧㄣˇㄧㄣ ㄓㄨㄐㄧ ㄍㄜㄉㄧˊㄣ ㄅㄚㄐㄧㄩ-ㄅㄚˇㄐㄧㄩ
ㄧㄋㄧˇ
我想把這些衣服乾洗一下。

Saya ingin menyetrika licin rok ini.
ㄙㄚㄧㄚ ㄧㄣˇㄧㄣ ㄇㄣㄧㄝˇㄉㄜㄉㄧㄍㄚ ㄉㄧㄐㄧㄣ ㄌㄛ• ㄧㄋㄧˇ
我想把這件裙子熨平。

Saya ingin minta tolong kamu untuk mencuci. kemeja-kemeja ini
ㄙㄚㄧㄚ ㄧㄣˇㄧㄣ ㄇㄧㄣㄉㄚˇ ㄉㄛㄉㄛ ㄍㄚㄇㄨ ㄨㄣˇㄅㄨ
ㄇㄣㄓㄨㄐㄧ ㄍㄣˇㄇㄟㄐㄧㄚ-ㄍㄣˇㄇㄟㄐㄧㄚ ㄧㄋㄧˇ
我想請你們把這些襯衫濕洗一下。

Kapan dapat menyelesaikan mencuci semuanya ?

ㄍㄚㄅㄢˇ ㄉㄚˇㄅㄚ• ㄇㄣㄧㄚˇㄨㄞˇㄙㄞㄍㄢ ㄇㄣㄓㄨㄐㄧ

ㄙㄜㄇㄨ•ㄋㄧㄚ

什麼時候可以洗好？

Apakah kamu dapat menolong saya untuk menambal celana ini ?

ㄚㄅㄚㄍㄚ ㄍㄚㄇㄨㄟ ㄉㄚˇㄅㄚ ㄇㄣㄋㄛˇㄌㄜˇ ㄙㄚㄧㄚˇ

ㄨㄣˇㄉㄨ• ㄇㄣ•ㄋㄢˇㄅㄜˇ ㄓㄜㄋㄚㄉㄚˇ ㄧㄋㄧˇ

你們能替我補這條褲子嗎？

Apakah kamu dapat menjahit kancing yang lepas ?

ㄚㄅㄚㄍㄚ ㄍㄚˇㄇㄨ ㄉㄚˇㄅㄚˇ ㄇㄣˇㄐㄧㄚˇㄏㄧ ㄍㄢㄐㄧㄥ

ㄧㄤˇ ㄌㄜㄅㄚˊㄙ

你們能把這些掉了的釦子縫上嗎？

Apakah kamu dapat mengirim ke saya ?

ㄚㄅㄚㄍㄚ ㄍㄚˇㄇㄨ ㄉㄚˇㄅㄚ• ㄇㄣ•ㄧˇㄌㄧㄣ ㄍㄜ ㄙㄚˇㄧㄚ

你們能送來給我嗎？

Pelajaran 26

Menelepon
ㄇㄜㄋㄜㄉㄜㄌㄜㄈㄣˇ
打電話

Apakah kamu tahu no.telepon Eva Air ?
ㄚㄅㄚㄍㄚ ㄍㄚˇㄇㄨ ㄉㄚㄨ‧ ㄋㄛˇㄇㄛ.ㄉㄜㄉㄜㄈㄣ
ㄟˇㄈㄚˊ ㄟˇㄉㄜ
你知道長榮航空公司的電話號碼嗎?

Carilah dibuku telepon.
ㄐㄧㄚˇㄌㄧ－ㄉㄚ ㄉㄧㄅㄨㄍㄨ ㄉㄜㄉㄜㄈㄣˇ
在電話簿中查一查吧。

Tanya operator telepon.
ㄉㄋㄧㄚ ㄛˇㄅㄜㄉㄚㄉㄛ ㄉㄜㄉㄜㄈㄣˇ
問「查號臺」吧。

Apakah saya dapat berbicara dengan Mr. White ?
ㄚㄅㄚㄍㄚ ㄙㄚˇ－ㄚ ㄉㄚˇㄅㄚ ㄉㄜㄅㄧㄐㄧㄚˇㄌㄚ ㄉㄥˇㄋˇ
ㄇㄧㄙㄉㄜ ㄨㄞˇ
我可以和懷特先生說話嗎?

Apakah saya dapat meninggalkan pesan untuk nyonya Hart ?
ㄚㄅㄚㄍㄚ ㄙㄚˇ－ㄚ ㄉㄚˇㄅㄚ ㄇㄣㄋㄧ－ㄍㄚㄍㄢˇ ㄅㄜㄙㄢ
ㄨㄣˇㄉㄨ ㄋㄧㄛˇ－ㄚˊ ㄏㄚˊ
我可以留言給哈特太太嗎?

Mohon memberitahu Ms. Stone untuk menelepon saya ya ?
ㄇㄛㄏㄣ ㄇㄜㄅㄜㄉㄚㄏㄨ‧ ㄇㄧㄙㄊㄣˇ ㄨㄣㄉㄨ‧
ㄇㄜㄋㄜㄉㄜㄈㄣˇ ㄙㄚㄧㄚ ㄧㄚˊ
請你叫史東女士打電話給我好嗎?

Saya sebentar lagi akan menelepon kembali.

ㄙㄚㄧㄚ ㄙㄜㄅㄣㄅㄉㄚ ㄌㄚˇㄍㄧˊ ㄚㄍㄢˇ ㄇㄜ3ㄜㄌㄜㄈㄣˇ
ㄍㄣˇㄅㄚㄌㄧˇ

我待會兒再打。

Mohon untuk lebih keras lagi bicara , saya tidak dapat mendengar
suara kamu.

ㄇㄜㄏㄣ ㄨㄣˇㄅㄨ ㄌㄜㄅㄧ ㄍㄜㄌㄚˇㄨㄙ ㄌㄚˇㄍㄧˊ
ㄅㄧㄐㄧㄚㄌㄚˇ ㄙㄚㄧㄚ ㄅㄧㄉㄚ ㄉㄚˇㄅㄚ • ㄇㄣㄉㄣㄚˊㄉㄚ
ㄙㄨㄨㄚㄉㄚ ㄍㄚㄇㄨ •

請講大聲一點，我聽不見你的聲音。

Saya ingin menghubungi no.ext 583.

ㄙㄚㄧㄚ ㄧㄣˇㄧㄣ ㄇㄣㄍㄨㄇㄨˇㄍㄧ ㄋㄡˇㄇㄜ ㄟˇㄙㄉㄟㄒㄩㄢ
ㄉㄧㄇㄚ ㄉㄚㄅㄢ ㄉㄧˇㄍㄚㄚ

我要接５８３號分機。

Jangan ditutup.

ㄐㄧㄤㄢˇ ㄉㄧˇㄉㄨㄉㄨ •

不要掛斷。

Sedang berbicara.

ㄙㄜㄉㄤˇ ㄅㄜㄅㄧㄐㄧㄚㄉㄚˇ

講話中。

Kamu memutar salah nomor telepon.

ㄍㄚㄇㄨ ㄇㄜㄇㄨㄉㄚˇㄉㄚ ㄙㄚˇㄉㄚˇ ㄋㄜˇㄇㄜˇ
ㄅㄜㄌㄜㄈㄣˇ

你撥錯號碼了。

Telepon itu sedang rusak.

ㄅㄜㄌㄜㄈㄣˇ ㄧㄅㄨ ㄙㄜㄅㄤˇ ㄌㄨˇㄙㄚˋ

那個電話故障了。

Tidak ada orang yang menerima telepon.

ㄅㄧˇㄉㄚ ㄉㄚ ㄛˇㄌㄢˇ ㄧㄤˇ ㄇㄜㄋㄜㄌㄧㄇㄚ ㄅㄜㄌㄜㄈㄣˇ

沒有人接電話。

Saya ingin telepon interlokal.
ㄙㄚㄧㄚ ㄧㄣˇㄧㄣ ㄉㄜㄌㄜㄈㄣˇ ㄧㄣˇㄉㄜㄌㄛㄍㄚˇ
我想打長途電話。

Saya ingin collect call.
ㄙㄚㄧㄚ ㄧㄣˇㄧㄣ ㄍㄡㄌㄟˇ ㄍㄡˋ
我想打由對方付費的電話。

Apakah anda bersedia menerima telepon Mr. Johson dan membayar biaya percakapan tersebut ?
ㄚㄅㄚㄍㄚ ㄢˇㄌㄚ ㄅㄜㄙㄜㄌㄧㄚ ㄇㄜㄋㄜㄌㄧㄇㄚ ㄉㄜㄌㄜㄈㄣˇ
ㄇㄧㄙㄌㄜ ㄐㄩㄢˇㄙㄣ• ㄌㄢˇ ㄇㄣㄅㄞˊㄧㄚㄌㄜ ㄅㄧㄧㄚㄧㄚ
ㄅㄜㄐㄧㄚㄍㄚㄅㄢˇ ㄉㄜㄙㄜㄅㄨˊ
你願意付費接聽強森先生打來的電話嗎？

Apotik
ㄚㄅㄛㄉㄧˋ
藥局

MP3
27

Obat maag
ㄛㄅㄚˋ・ㄇㄚˇ
胃藥

Obat mencret
ㄛㄅㄚˋ・ㄇㄟㄐㄧㄝㄉㄟˋ
止瀉藥

Obat penghilang sakit
ㄛㄅㄚˋ・ㄅㄣˇㄏㄧㄌㄢˇ ㄙㄚㄍㄧˊ
止痛藥

Obat flu
ㄛㄅㄚˋ・ㄈㄨ・ㄉㄨˊ
感冒藥

Obat tetes mata
ㄛㄅㄚˋ・ㄉㄟㄉㄟㄙ ㄇㄚㄅㄚˋ・
眼藥水

Vitamin
ㄈㄧㄅㄚㄇㄧˋ
維他命

Plester
ㄅㄜㄉㄟˇㄙㄅㄣˇ
OK繃

Kain kasa
ㄍㄚㄧㄅˇ ㄍㄚㄙㄚˇ
紗布

Diaper
ㄅㄞˇㄆㄜ˙ㄦ
紙尿褲

Softex
ㄙㄜˇㄅㄟˇ
衛生棉

Softex
ㄙㄜˇㄅㄟˇ
衛生棉條

Normal saline
ㄋㄛㄇㄛ ㄙㄚˇㄌㄧㄣˇ
生理食鹽水

Kondom
ㄍㄨㄥㄅㄨㄥˇ
保險套

Thermometer
ㄅㄜㄉㄟㄇㄛㄇㄟㄅㄜ
體溫計

Dimana apotik ?
ㄉㄧㄇㄚㄋㄚˇ ㄚㄅㄛㄉㄧˇ
藥局在哪裡？

Mohon memberi saya obat flu.
ㄇㄛㄏㄣ ㄇㄜㄅㄜㄌㄧ ㄙㄚㄧㄚ ㄛㄅㄚ˙ ㄈㄨ˙ㄌㄨㄟ
請給我一些感冒藥。

Berapa lama sekali memakan obat ini ?
ㄅㄜㄉㄚㄅㄚ ㄌㄚˇㄇㄚ ㄙㄜㄍㄚㄌㄧˇ ㄇㄜㄇㄚㄍㄢˇ ㄛㄅㄚ˙
ㄧㄋㄧˇ
這個藥多久服一次呢？

Satu hari 3 kali sesudah makan.

ㄙㄚㄅㄨˇ ㄏㄚㄅㄧ- ㄅㄧ-ㄍㄚ ㄍㄚㄅㄧㄥ ㄙㄜㄙㄨㄉㄚ ㄇㄚㄍㄢˇ

飯後一日三次。

Apakah kamu dapat merekomendasikan dokter ?

ㄚㄅㄚㄍㄚ ㄍㄚˇㄇㄨ ㄉㄚˇㄅㄚˊ ㄇㄜㄉㄟㄍㄛˇㄇㄣㄉㄚㄒㄧㄍㄢㄉㄛˇㄉ
ㄜㄉㄜ●

你能推薦一位醫生嗎？

Saya ingin mendaftar untuk pemeriksaan dokter.

ㄙㄚ-ㄚ -ㄣˇ-ㄣ ㄇㄣㄉㄚㄈㄨㄉㄚㄉㄜ ㄨㄣˇㄅㄨ
ㄅㄜㄇㄣㄉㄧㄙㄚㄢ ㄉㄛㄉㄜ●

我想約看病的時間。

Saya rasa saya demam.

ㄙㄚ-ㄚˇ ㄌㄚㄙㄚˇ ㄙㄚ-ㄚ ㄉㄜㄇㄚˇ

我想我發燒了。

Saya sakit kepala.

ㄙㄚ-ㄚ ㄙㄚㄍˇ- ㄍㄜㄅㄚㄉㄚˇ

我頭痛。

Saya pusing.

ㄙㄚ-ㄚˇ ㄅㄨ●ㄒㄧㄣˋ

我頭昏。

Kerongkongan saya sakit.

ㄍㄜㄉㄨㄥㄍㄨㄥˇㄢˇ ㄙㄚˇ-ㄚˊ ㄙㄚㄍˇ-ˇ

我喉嚨痛。

Dada saya sakit.

ㄉㄚㄉㄚˇ ㄙㄚ-ㄚ ㄙㄚㄍˇ-ˇ

我胸部痛。

Tangan saya bengkak.

ㄅㄤˇㄢˇ ㄙㄚ-ㄚ ㄅㄣˇㄍㄚˋ

我的手腫了。

Lambung saya sakit.
ㄌㅊㄥˇㄅㄨㄥˋ ㄙㄚㄧㄚ ㄙㄚˇㄍㄧㄥˇ
我胃痛。

Saya mencret.
ㄙㄚㄧㄚ ㄇㅓㄐㄧㄝㄌㅓㄟˇ
我瀉肚子。

Saya tidak enak makan.
ㄙㄚㄧㄚ ㄉㄧㄌㄚ ㄟㄋㄚˇ ㄇㄚㄍㄢˇ
我吃不下東西。

Dimana saya dapat membeli resep obat ini ?
ㄉㄧㄇㄚㄋㄚˇ ㄙㄚㄧㄚ ㄉㄚˇㄅㄚ‧ ㄇㄣㄅㅓㄌㄧ ㄜˇㄙㄜ‧
ㄛˇㄅㄚˋ ㄧㄋㄧˇ
我到哪兒可以配到這個藥方？

Berapa lama sekali saya semestinya minum obat ?
ㄅㄜㄌㄚˇㄅㄣ ㄌㄚˇㄇㄚ ㄙㄜㄍㄚㄌㄧ ㄙㄚㄧㄚ
ㄙㄜㄇㄜㄙㄉㄧㄣˋㄧㄚ ㄇㄧˇ ㄛˇㄅㄚ
我應該多久服一次藥？

Apakah saya harus berbaring diranjang ?
ㄚㄅㄚˇㄍㄚ ㄙㄚㄧㄚ ㄏㄚㄌㄨㄙ ㄅㄜㄅㄚㄌㄧㄥˇ ㄉㄧ ㄖㄢˇㄐㄧㄚˊ
我必須躺在床上嗎？

Apakah saya harus kerumah sakit ?
ㄚㄅㄚˇㄍㄚ ㄙㄚㄧㄚ ㄏㄚㄌㄨˇㄙ‧ ㄍㄜˇㄌㄨㄇㄚ ㄙㄚˇㄍㄧˊ
我必須上醫院嗎？

Berapa lama saya akan sembuh ?
ㄅㄜㄌㄚˇㄅㄣ ㄌㄚˇㄇㄚˇ ㄙㄚㄧㄚ ㄍㄢˇ ㄙㄣˇㄅㄨˇ
我要多久才會復原？

Tubuh
ㄊㄨㄅㄨˇ
身體

MP3 28

Kepala
ㄍㄜ˙ㄅㄚㄌㄚˇ
頭

Rambut
ㄌㄤˇㄅㄨ˙
頭髮

Alis mata
ㄚㄌㄧㄥ ㄇㄚ˙ㄅㄚˇ
眉毛

Mata
ㄇㄚ˙ㄅㄚˇ
眼睛

Hidung
ㄏㄧㄉㄨㄥˇ
鼻子

Bagian muka
ㄅㄚㄍㄧ ㄢ ㄇㄨㄍㄚˇ
臉部

Mulut
ㄇㄨㄌㄨ˙
嘴巴

Gigi
ㄍㄧㄍㄧ˙
牙齒

Lidah
ㄌㄧㄉㄚˇ
舌頭

Leher
ㄌㄜㄏㄟㄌㄜˇ
脖子

Pundak
ㄅㄨㄣˇㄅㄚ˙
肩膀

Dada
ㄉㄚㄉㄚˇ
胸部

Lengan tangan
ㄌㄣㄢˇ ㄅㄤㄢˇ
手臂

Tangan
ㄅㄤㄢˇ
手

Jari tangan
ㄐㄧㄚㄉㄧ ㄅㄤㄢˇ
手指

Puser
ㄅㄨㄥㄜㄟㄌㄜ
肚臍

Bagian perut
ㄅㄚㄍㄧㄢ ㄅㄜㄌㄨˇ
腹部

Paha
ㄅㄚㄏㄚˋ
大腿

Lutut
ㄌㄨㄌㄨ•
膝蓋

Betis
ㄅㄜㄌㄧˇㄙ•
小腿

Pergelangan kaki
ㄅㄜㄌㄜㄍㄜˇㄌㄢㄢ ㄍㄚㄍㄧˇ
腳踝

Kaki
ㄍㄚㄍㄧˇ
腳

Punggung
ㄅㄨㄥㄍㄨㄣˇ
背部

Pinggang
ㄅㄧㄣㄍㄢˇ
腰部

Pinggul
ㄅㄧㄣㄍㄨˇ
臀部

Pelajaran 29

Peralatan Listrik
ㄆㄜㄌㄜㄌㄚㄅㄢ ㄌㄧㄥㄌㄧㄌㄧㄎ
電器用品

Komputer
《ㄨㄥˇㄅㄨㄉㄜㄉㄜ
電腦

Rice cooker
ㄌㄞㄙ 《ㄨㄎㄜㄉㄜ
電鍋

Oven
ㄛㄈㄣˇ
烤箱

Microwave
ㄇㄞㄎㄛˇㄨㄟˇㄈㄨ
微波爐

Electric oven
ㄞˇㄉㄞˇㄓㄨㄟ ㄛㄈㄣˇ
電磁爐

Mesin cuci
ㄇㄜ˙ㄒㄧㄣ ㄓㄨㄐㄧˇ
洗衣機

AC
ㄚˇㄙㄟˇ
冷氣機

Kipas angin
《ㄧㄅㄚㄙ ㄢˇㄧㄣˇ
電扇

Televisi
ㄆㄜㄉㄧˇㄈㄧㄒㄧˇ
電視

Telepon
ㄆㄜˇㄌㄜㄈㄣˇ
電話

Kulkas
《ㄨ《ㄚㄙ
冰箱

Mesin penyedot debu
ㄇㄜㄒㄧㄣ ㄅㄣˇㄧㄝㄉㄛ ㄉㄜ˙ㄅㄨˇ
吸塵器

Mesin pemanas
ㄇㄜㄒㄧㄣ ㄅㄜㄇㄚㄋㄚˇㄙ
電暖器

Mesin pengusir kelembapan
ㄇㄛㄒㄧㄣ ㄅㄣˇ《ㄨㄒㄧㄉㄜ 《ㄜㄌㄣˇㄅ
ㄚㄎㄢˇ
除濕機

Peralatan Komputer
ㄅㄜˋㄉㄜˊㄉㄚㄅㄢ ㄍㄨㄥˇㄅㄨㄉㄜˋㄉㄜˋ
電腦週邊

Komputer
ㄍㄨㄥˇㄅㄨㄉㄜˋㄉㄜˋ
電腦

Monitor komputer
ㄇㄛˇㄋㄧㄉㄜˋㄉㄜˋ ㄍㄨㄥˇㄅㄨㄉㄜˋㄉㄜˋ
電腦螢幕

Laptop
ㄌㄚˇㄅㄛ˙
筆記型電腦

Printer
ㄅㄜˋㄌㄧㄣㄉㄜˋㄉㄜˋ
印表機

Mesin Fotocopy
ㄇㄜˋㄒㄧㄣ ㄈㄛˋㄉㄛˋㄍㄛˇㄅㄧˇ
影印紙

Mouse
ㄇㄠˇㄙ
滑鼠

Keyboard
ㄍㄧㄅㄛˇ
鍵盤

CD untuk merekam data
ㄒㄧㄉㄧˋ ㄨㄣˇㄉㄨ ㄇㄜˋㄌㄜˋㄍㄢ ㄉㄚ˙ㄉㄚˇ
光碟燒錄片

USB drive
ㄩ ㄟㄙㄅㄧˋ ㄉㄜ˙ㄉㄞˇㄈㄨ
隨身碟

Pelajaran 31

Internet dan Email
ㄧㄣˇㄌㄜˋㄉㄜˊㄋㄜˋ ㄅㄥˇ ㄧˇㄇㄟˇ
網路和電子郵件

Kata-kata khusus untuk email
《ㄚㄅㄚ-《ㄚㄅㄚ 《ㄨㄙㄨㄙ• ㄨㄣˇㄉㄨ ㄧˇㄇㄟˇ
電子郵件專有名詞

Data Menerima surat
ㄉㄚㄅㄚ ㄇㄣˇㄋㄜㄋㄧㄇㄚ ㄙㄨㄉㄚˇ
收件夾

Data Mengirim surat
ㄉㄚㄅㄚ ㄇㄜㄧˇㄋㄧ ㄙㄨㄉㄚˇ
寄件夾

Copy mengirim surat
ㄎㄜㄆㄧ ㄇㄜㄧˇㄋㄧ ㄙㄨㄉㄚˇ
寄件備份

Penerima surat
ㄅㄣˇㄉㄜㄉㄧㄇㄚ ㄙㄨㄉㄚˇ
收件者

Pengirim surat
ㄅㄣˇㄧˇㄉㄧㄣ ㄙㄨㄉㄚˇ
寄件者

Hal
ㄏㄠˋ
主旨

Tgl menerima
ㄉㄤ《ㄜ ㄇㄜㄋㄜㄉㄧㄇㄚˇ
收到日期

Tambahan data yang baru
ㄅㄤˇㄅㄚˊㄏㄢ ㄉㄚˇㄉㄚ 一ㄤˇ ㄅㄚㄉㄨˇ
新增

Membalas surat
ㄇㄣˇㄅㄚㄉㄚˊㄙ ㄙㄨㄉㄚˇ
回覆

Membalas semua surat
ㄇㄣˇㄅㄚㄉㄚ ㄙㄣˇㄇㄨㄨㄚ ㄙㄨㄉㄚˇ
全部回覆

Forward
ㄈㄛˇㄨㄛˇㄉㄜ
轉寄

Mengirim/Menerima
ㄇㄣˇ一ㄉㄧㄣˇ/ㄇㄣˇㄋㄜㄉㄧㄇㄚˇ
傳送/接收

Spam
ㄙ•ㄆㄢˇ
垃圾郵件

Menghapus email
ㄇㄜㄏㄚㄆㄨㄙ 一ˇㄇㄟˇ
刪除的郵件

Melampirkan data
ㄇㄜㄉㄚˇㄆㄧㄉㄜㄍㄢ ㄉㄚ•ㄉㄚˇ
插入檔案

Contact person
ㄎㄤㄅㄟ ㄆㄜㄙㄣˇ
連絡人

Jenis Huruf
ㄓㄣˇㄋㄧˇㄙ ㄏㄨㄉㄨˇㄈㄨ•
字型

Unreadable characters
ㄏㄢㄉㄜㄉㄟㄅㄛ ㄍㄜㄉㄟˇㄅㄛㄥ˙
亂碼

Kata-kata khusus dalam memakai komputer
ㄍㄚㄅㄚ-ㄍㄚㄅㄚ ㄎㄨㄙㄙㄨㄙ˙ ㄉㄚˇㄌㄚˇ ㄇㄜㄇㄚㄍㄞ
ㄍㄨㄥˇㄆㄩㄉㄜㄉㄜ
電腦操作專有名詞

Compression
ㄍㄨㄥˇㄅㄧㄉㄧㄒㄩㄢˇ
壓縮

Decompression
ㄉㄧㄍㄨㄥˇㄅㄧㄉㄧㄒㄩㄢˇ
解壓縮

To install
ㄉㄨ ㄧㄣˇㄙ˙ㄉㄛˇ
安裝

Cancel
ㄎㄟㄣㄙㄛˇ
取消

Bersedia
ㄅㄜㄉㄜㄙㄜㄉㄧ˙ㄧㄚˊ
同意

Tidak bersedia
ㄉㄧㄉㄚ ㄅㄜㄉㄜㄙㄜㄉㄧ˙ㄧㄚˊ
不同意

Selanjutnya
ㄙㄜ˙ㄌㄢˇㄐㄧㄩㄧㄚˊ
下一步

Kembali ke tahap sebelumnya
ㄍㄨˇㄅㄚㄉㄧ ㄍㄜ ㄅㄚㄏㄚ ㄙㄜㄅㄜㄉㄨˇㄋㄧˇㄧㄚˊ
回上一步驟

Menyalakan kembali komputer
ㄇㄜㄧㄚˇㄉㄚㄍㄢ ㄍㄨˇㄅㄚㄉㄧ ㄎㄨㄙˇㄆㄩㄉㄜㄉㄜ
重新啟動電腦

Format
ㄈㄛㄦㄇㄜ •
格式化

Membuka dokumen baru
ㄇㄥˇㄅㄨㄍㄚ ㄉㄛㄍㄨㄇㄣ ㄅㄚㄉㄨˇ
新開檔案

Membuka dokumen lama
ㄇㄥˇㄅㄨㄍㄚ ㄉㄛㄍㄨㄇㄣ ㄉㄚˇㄇㄚˇ
開啟舊檔

Cut
ㄍㄚˇㄉ
剪下

Duplicate
ㄅㄚㄆㄩㄍㄝˇㄉㄜ
複製

Paste
ㄆㄟˋㄙ •
貼上

Print
ㄆㄜㄉㄧㄣˇ
列印

Preview print
ㄆㄜㄉㄧㄈㄧ ㄆㄜㄉㄧㄣˇ
預覽列印

Save
ㄙㄟˇㄈㄨ˙
儲存

Recycled
ㄌㄧㄙㄞˊㄍㄛ˙
資源回收桶

Kata-Kata Khusus di MSN
ㄍㄚㄉㄚ-ㄍㄚㄉㄚ ㄎㄨㄙㄨ˙ㄙ ㄉㄧˇ ㄣˇㄟˇㄙㄣ
MSN專有名詞

Alamat email
ㄚㄌㄚㄇㄚ ㄧˇㄇㄟˇㄦ
電子郵件地址

Pasword
ㄆㄟㄙ˙ㄨㄜˇㄉ˙
密碼

Masuk
ㄇㄚˇㄙㄨˊ
登入

Keluar
ㄍㄜㄌㄨㄨㄚˇㄌㄜ
登出

Mengirim
ㄇㄣ˙ㄧˇㄌㄧㄣˋ
傳送

Menerima
ㄇㄣ˙ㄋㄜㄌㄧㄇㄚˇ
接收

Mengirim dokumen
ㄇㄣ˙ㄧˇㄌㄧㄣˋ ㄉㄛˇㄍㄨㄇㄟˇ
傳送檔案

Online
ㄋㄧㄌㄞㄧ
線上

Sibuk
ㄒㄧㄅㄨ•
忙碌

Segera kembali
ㄙㄜㄍㄜㄌㄚ ㄍㄋㄧㄅㄚㄧㄌㄧㄧ
馬上回來

Meninggalkan komputer
ㄇㄋㄧㄋㄧㄍㄚㄍㄢ ㄍㄨㄥㄅㄨㄅㄜㄉㄜ
離開

Sedang berbicara
ㄙㄜ•ㄉㄤ ㄅㄜㄅㄧㄐㄧㄚㄌㄚㄧ
通話中

Keluar makan
ㄍㄜ•ㄌㄨㄨㄚㄌㄜ ㄇㄚㄍㄢㄧ
外出用餐

Meninggalkan komputer
ㄇㄋㄧㄋㄧㄍㄚㄍㄢ ㄍㄨㄥㄅㄨㄅㄜㄉㄜ
顯示為離線

Di internet dapat membeli buku dan CD.
ㄉㄧ ㄧㄋㄧㄅㄜㄉㄜㄋㄟ ㄉㄚㄧㄅㄚ ㄇㄜㄅㄜㄉㄧ ㄅㄨㄍㄨ ㄉㄥㄧ
ㄒㄧㄉㄧㄧ
在網路上可以買到書和CD。

Apakah kamu dapat online diinternet？
ㄚㄅㄚㄍㄚ ㄍㄚㄧㄇㄨ• ㄉㄚㄧㄅㄚㄧ ㄋㄧㄌㄞㄈ
ㄅㄧㄧㄋㄧㄅㄜ•ㄋㄟㄧ
你可以連上網路嗎?

Apakah kamu main internet baru-baru ini ?
ㄚㄅㄚㄍㄚ ㄍㄚˇㄇㄨ• ㄇㄞˊ ㄧㄣˇㄅㄜㄋㄟˋ ㄅㄚㄌㄨ-ㄅㄚㄌㄨ
ㄧㄋㄧˇ
你最近有上網嗎?

Kamu dapat download WinZip diinternet (Decompression Program).
ㄍㄚㄇㄨ ㄉㄚㄅㄚˋ• ㄉㄠˇㄋㄨ• ㄨㄣˇㄐㄧˉ• ㄉㄧㄧㄣˇㄅㄜ•ㄋㄟˋ(ㄉㄧㄎㄨㄥˇㄆㄨㄌㄟˋㄒㄩㄣ ㄆㄜㄉㄜㄍㄜ•ㄋㄟˇ)
你可以從網路下載WinZip (解壓縮檔程式)。

Apakah kamu suka main internet ?
ㄚㄅㄚㄍㄚ ㄍㄚˇㄇㄨ• ㄙㄨㄍㄚ ㄇㄞˇ ㄧㄣˇㄅㄜ•ㄋㄟˇ
你喜歡網路漫遊嗎?

Apakah kamu pernah membeli barang diinternet ?
ㄚㄅㄚㄍㄚ ㄍㄚˇㄇㄨ• ㄅㄜ•ㄋㄚˇ ㄇㄣㄅㄜㄌㄧ ㄅㄚㄌㄢˇ
ㄉㄧㄧㄣˇㄅㄜㄋㄟˇ
你曾經在網路上購物嗎?

Saya pernah beberapa kali membeli barang diinternet.
ㄙㄚㄧㄚ ㄅㄜㄜㄋㄚˇ ㄅㄜㄅㄜㄌㄚㄅㄚ ㄍㄚㄌㄧ ㄇㄣㄅㄜㄌㄧ
ㄅㄚˇㄋㄢ ㄉㄧㄧㄣˇㄅㄜㄉㄜㄋㄟˇ
我曾經在網路上購物好幾次。

Apakah kamu ingin mengobrol dengan saya diinternet ?
ㄚㄅㄚㄍㄚ ㄍㄚˇㄇㄨ• ㄧㄣˇㄧㄣ ㄇㄜㄛˇㄅㄨㄌㄛ ㄉㄥˇㄋㄢˇ
ㄙㄚㄧㄚ ㄉㄧㄧㄣˇㄅㄜㄉㄜㄋㄟˇ
你想和我在線上交談嗎?

Apakah saya boleh memiliki alamat email kamu ?
ㄚㄅㄚㄍㄚ ㄙㄚㄧㄚ ㄅㄜㄋㄟˇ ㄇㄜㄇㄋㄧˉㄍㄧ ㄚㄌㄚˇㄇㄚ
ㄧㄣˇㄇㄟˇ ㄍㄚㄇㄨˊ
我可以有你的電子郵件地址嗎?

Kamu dapat menghubungi saya di alamat email saya abcxyz@yahoo.com.

ㄍㄚㄇㄨ ㄉㄚˇㄅㄚˋ ㄇㄜㄈㄜㄅㄨㄋㄧˉ ㄙㄚㄧˉㄚ ㄅㄧˉ ㄚˇㄌㄚˇㄇㄚˋ
ㄧˇㄇㄟˇ ㄙㄚㄧˉㄚˇ ㄚˇ ㄅㄟ ㄙㄟ ㄟㄅ‧ㄙ‧ㄧㄝˇㄐㄧˉㄚ ㄚ
ㄧˉㄚˇㄏㄨㄟˋ ㄅㄧˉㄅㄧˉ‧ ㄎㄤˇ

你可以透過電子郵件地址abcxyz@yahoo.com和我聯絡。

Mohon segera memberitahu saya berita melalui email.

ㄇㄜˇㄏㄣˇ ㄙㄜㄍㄜㄉㄚ ㄇㄣˇㄅㄜㄉㄧˉㄅㄚˋㄏㄨ ㄙㄚㄧˉㄚˊ
ㄅㄜㄉㄧˉㄚ ㄇㄜㄉㄚˇㄉㄨˋ ㄧˉㄣˇㄇㄟˋ

請儘快用電子郵件告知我消息。

Saya pertama kali menerima email dari kakek saya.

ㄙㄚㄧˉㄚ ㄅㄜㄉㄜˋㄉㄚˇㄇㄚ ㄍㄚˇㄌㄧˉ ㄇㄜㄉㄜㄉㄧˉㄇㄚ ㄧˉㄣˇㄇㄟˋ
ㄉㄚˇㄌㄧˉ ㄍㄚˇㄍㄟˋ ㄙㄚˇㄧˉㄚˊ

我第一次收到我祖父發給我的電子郵件。

Kamu dapat menemukan website saya di www.linguaquick.com.

ㄍㄚㄇㄨ ㄉㄚˇㄅㄚˇ ㄇㄜㄋㄜㄇㄨㄍㄢˇ ㄨㄟˇㄙㄚ ㄙㄚˇㄧˉㄚˊ
ㄅㄧˉ ㄨㄟˇㄨㄟˇㄨㄟˇ ㄅㄧˉㄅㄧˉ‧ ㄟㄌㄜˊㄣ ㄍㄟˇ ㄨ ㄚ ㄍㄧˉㄩ ㄨˇ
ㄙㄟˋ ㄍㄚ ㄅㄧˉㄅㄧˉ‧ ㄎㄤˇ

你可以在www.linguaquick.com這個位址找到我的網頁。

Dia mengirim Jean email dan mengirim copy email ke adiknya.

ㄅㄧˉㄧˉㄚ ㄇㄣˇㄧˉㄧˇㄌㄧˇㄣˋ ㄐㄧˉㄣˋ ㄧˉㄣˇㄇㄟˋ ㄉㄢˇ
ㄇㄣˇㄧˉㄧˇㄌㄧˇㄣˋ ㄍㄚˇㄅㄧˉ ㄧˉㄣˇㄇㄟˋ ㄍㄜ‧ ㄚˇㄉㄧˉㄧˉㄚˇ

他寄給珍一封信，並寄一份副本給他的妹妹。

Dia mengirim Jerry sebuah artikel dan mengirim conceal copy ke Helen.

ㄅㄧˉㄧˉㄚ ㄇㄣˇㄧˉㄧˇㄌㄧˇㄣˋ ㄐㄧˉㄝㄉㄧˋ ㄙㄜㄅㄨㄨㄚ ㄚˇㄉㄧˉㄍㄜˇ
ㄉㄢˇ ㄇㄣˇㄧˉㄧˇㄌㄧˇㄣˋ ㄍㄣˇㄒㄧ丨ㄡ ㄍㄚˇㄅㄧˉ ㄍㄜ ㄏㄟˇㄌㄣˋ

她寄給傑瑞一篇文章，並寄一份隱藏副本給海倫。

Kakek (dari pihak mama)
ㄍㄚㄍㄟˇ(ㄉㄚㄉㄧ ㄅㄧㄏㄚ ㄇㄚㄇㄚˇ)
外公

Nenek (dari pihak mama)
ㄋㄟㄋㄟˇ(ㄉㄚㄉㄧ ㄅㄧㄏㄚ ㄇㄚㄇㄚˇ)
外婆

Kakek (dari pihak papa)
ㄍㄚㄍㄟˇ(ㄉㄚㄉㄧ ㄅㄧㄏㄚ ㄅㄚㄅㄚˇ)
爺爺

Nenek (dari pihak papa)
ㄋㄟㄋㄟˇ(ㄉㄚㄉㄧ ㄅㄧㄏㄚ ㄅㄚㄅㄚˇ)
奶奶

Ayah
ㄚㄧㄚˇ
父親

Paman (dari pihak papa)
ㄅㄚㄇㄢˇ(ㄉㄚㄉㄧ ㄅㄧㄏㄚ ㄅㄚㄅㄚˇ)
伯父

Paman
ㄅㄚㄇㄢˇ
叔叔

Adik/kakak perempuan papa
ㄚㄉㄧㄚㄅㄠ/ㄍㄚㄍㄚ ㄅㄣˇㄉㄣˇㄅㄨㄢ ㄅㄚㄅㄚˇ
姑姑

Ibu
ㄧㄅㄨˇ
母親

Adik/kakak perempuan mama
ㄚㄉㄧㄚㄅㄠ/《ㄚ《ㄚ ㄅㄣˇㄌㄣˇㄅㄨ ㄅ ㄇㄚㄇㄚˇ
阿姨

Paman (dari pihak mama)
ㄅㄚㄇㄅˇ(ㄅㄚㄉㄧ ㄅㄧㄏㄚ ㄇㄚㄇㄚˇ)
舅舅

Kakak lelaki
《ㄚ《ㄚ ㄌㄜㄌㄚ《ㄧˊ
哥哥

Kakak perempuan
《ㄚ《ㄚ ㄅㄜㄌㄣˇㄅㄨˊㄅˇ
姐姐

Adik lelaki
ㄚㄉㄧ ㄌㄜㄌㄚ《ㄧˊ
弟弟

Adik perempuan
ㄚㄉㄧ ㄅㄜㄌㄣˇㄅㄨˊㄅˇ
妹妹

Anak lelaki
ㄚㄋㄚˇ ㄌㄜㄌㄚ《ㄧˊ
兒子

Menantu perempuan
ㄇㄜㄋㄋㄉㄨ ㄅㄜㄌㄣˇㄅㄨˊㄅˇ
媳婦

Anak perempuan
ㄚㄋㄅ ㄅㄜㄌㄣˇㄅㄨˊㄅˇ
女兒

Menantu lelaki
ㄇㄜㄋㄢㄉㄨ ㄌㄜㄌㄚㄍㄧˊ
女婿

Cucu laki (dari pihak anak laki)
ㄓㄨㄓㄨ ㄌㄚㄍㄧˊ(ㄉㄚㄉㄧ ㄅㄧㄏㄚ ㄚㄋㄢˇ ㄌㄚㄍㄧˊ)
孫子

Cucu perempuan (dari pihak anak laki)
ㄓㄨㄓㄨ ㄅㄜㄌㄣˇㄅㄨˊㄢˇ
(ㄉㄚㄉㄧ ㄅㄧㄏㄚ ㄚㄋㄢˇ ㄌㄚㄍㄧˊ)
孫女

Cucu laki (dari pihak anak perempuan)
ㄓㄨㄓㄨ ㄌㄚㄍㄧˊ
(ㄉㄚㄉㄧ ㄅㄧㄏㄚ ㄚㄋㄢˇ ㄅㄜㄌㄣˇㄅㄨˊㄢˇ)
外孫

Cucu perempuan (dari pihak anak perempuan)
ㄓㄨㄓㄨ ㄅㄜㄌㄣˇㄅㄨˊㄢˇ
(ㄉㄚㄉㄧ ㄅㄧㄏㄚ ㄚㄋㄢˇ ㄅㄜㄌㄣˇㄅㄨˊㄢˇ)
外孫女

Pelajaran 33

Panggilan
ㄔㄥㄍㄧˊㄏㄨˇ
稱呼

MP3 33

Tuan/suami
ㄉㄨ ㄢˇ/ㄙㄨㄟㄚㄇㄧˇ
先生

Ibu/istri
ㄧㄅㄨˇ/ㄧㄙㄜㄌㄧ
太太

Nona
ㄋㄛㄋㄚˇ
小姐

Nyonya
ㄋㄧㄡㄋㄧㄚˋ
女士

Guru
ㄍㄨㄌㄨˇ
師傅

Manager
ㄇㄟㄋㄟㄓㄜ•
經理

Sekretaris
ㄙㄜㄍㄜ•ㄅㄚㄌㄧˇㄙ•
秘書

Supir
ㄙㄨㄅㄧˇㄌㄜ
司機

121

Petugas yang melayani
ㄅㄜㄅㄨㄍㄚ ㄧㄤˇ ㄇㄜㄌㄚˇㄧㄚㄋㄧˇ
服務員

Petugas penjual karcis
ㄅㄜㄅㄨㄍㄚㄥ ㄅㄣˇㄐㄧㄩㄚ ㄍㄚㄉㄜㄐㄧˇㄥ
售票員

Pelayan
ㄅㄜㄌㄚˇㄧㄤˇ
工人

Pengusaha
ㄅㄣˇㄍㄨˇㄥㄚˇㄏㄚˇ
商人

Petani
ㄅㄜㄅㄚˇㄋㄧˇ
農民

Pelajar
ㄅㄜㄌㄚˇㄐㄧㄚˇㄌㄜ
學生

Guru
ㄍㄨㄌㄨˇ
老師

Dokter
ㄅㄛㄅㄚˇㄌㄜ
醫生

Tentara
ㄅㄥˇㄅㄚㄌㄚˇ
軍人

Pejabat
ㄅㄜㄐㄧㄚㄅㄚˇ
官員

Bank
ㄅㄢˇ
銀行

MP3 34

Uang
ㄨㄨㄤˇ
錢

Uang tunai
ㄨㄨㄤˇ ㄅㄨㄋㄞˇ
現金

Uang kecil
ㄨㄨㄤˇ ㄍㄜ・ㄐㄧㄡˇ
零錢

Uang kertas
ㄨㄨㄤˇ ㄍㄜㄉㄜㄉㄚˇㄙ
鈔票

Jumlah total
ㄐㄧㄥˇㄅㄨㄉㄚ ㄅㄛㄅㄠˇ
總額

Check
ㄑㄞˊㄎㄜ・
支票

Travel Voucher
ㄅㄜㄉㄟˇㄈㄜ ㄈㄛㄑㄜㄟㄦ
旅行支票

Menukar
ㄇㄣˇㄋㄨㄍㄚˇㄉㄜ
兌換

Mengganti
ㄇㄣˇㄍㄢˇㄉㄧˇ
換開

Buku tabungan
ㄅㄨㄍㄨ ㄉㄚˇㄅㄨㄥˊㄢˇ
存摺

Kartu ATM
ㄍㄚㄉㄜㄉㄨ ㄟㄉㄧ ㄣˇ
金融卡

Mengirim uang
ㄇㄣˇㄧㄉㄧㄥˇ ㄨ ㄨㄤˇ
匯款

Mengambil uang
ㄇㄣˇㄢˇㄅㄧㄉㄜ ㄨ ㄨㄤˇ
領錢

Mesin ATM
ㄇㄜㄒㄧㄣ ㄟㄉㄧ ㄣˇ
自動提款機

Uang rupiah
ㄨ ㄨㄤˇ ㄉㄨㄅㄧˇㄚˇ
印尼盾

Uang Taipi (Taiwan)
ㄨ ㄨㄤˇ ㄅㄞˇㄅㄧˇ
新台幣

123

Dolar US
ㄅㄛㄌㄚㄌㄜ ㄩ ㄟㄥㄥ
美金

Apakah disini ada Bank ?
ㄚㄅㄚㄍㄚ ㄅㄧㄒㄧㄥㄋㄧ ㄚㄌㄚ ㄅㄢ
這附近有銀行嗎？

Apakah disini dapat menukar travel voucher dengan uang tunai ?
ㄚㄅㄚㄍㄚ ㄅㄧㄒㄧㄋㄧ ㄉㄚㄅㄢ ㄇㄛㄋㄨㄍㄚㄌㄜ ㄅㄛㄋㄟㄈㄛ
ㄈㄛㄘㄜㄟㄌㄜ ㄉㄥㄢ ㄨㄨㄤ ㄅㄨㄋㄞˊ
旅行支票可以在你們這裡兌換現金嗎？

Apakah dapat menukar uang dolar US dengan uang rupiah ?
ㄚㄅㄚㄍㄚ ㄉㄚㄅㄢ ㄇㄛㄋㄨㄍㄚㄌㄜ ㄨㄨㄤ ㄅㄛㄌㄚㄌㄜ
ㄩ ㄟㄥㄥ ㄉㄥㄢ ㄨㄨㄤ ㄌㄨㄅㄧㄚ
美金可以在你們這兒兌換成印尼盾嗎？

Berapa kurs hari ini ?
ㄅㄜㄌㄚㄅㄚ ㄍㄨㄥ• ㄏㄚㄌㄧ ㄧㄋㄧ
今天的匯率是多少？

Mohon memberi saya uang dengan jumlah kecil.
ㄇㄛㄏㄣ ㄇㄣㄅㄜㄌㄧ ㄙㄚˊㄧㄚ ㄨㄨㄤ ㄉㄥㄢ
ㄐㄧㄥㄅㄨㄌㄚ ㄍㄜㄐㄧㄡ
請給小額的錢。

Maaf , jumlah uang salah.
ㄇㄚㄚㄈㄨ•, ㄐㄧㄥㄅㄨㄌㄚ ㄨㄨㄤ ㄙㄚㄌㄚ
對不起。金額不對。

Saya ingin membuka rekening tabungan.
ㄙㄚㄧㄚ ㄧㄣㄧㄣ ㄇㄛㄅㄨㄍㄚ ㄅㄛㄌㄟㄍㄣㄋㄧ
ㄅㄚㄅㄨㄋㄢ
我想開一個儲蓄存款帳戶。

Saya ingin membuka rekening check deposito.

ㄙㄚˊㄚ ㄧㄣˇㄧㄣ ㄇㄜㄅㄨㄍㄚ ㄅㄜㄉㄟˇㄍㄣㄋㄧˇ ㄑㄞˋㄎ•
ㄉㄜㄅㄜㄒㄧㄅㄛ

我想開一個支票存款（甲種）帳戶。

Mohon mengajarkan saya bagaimana mengisi formulir menyimpan uang.

ㄇㄛㄏㄣˇ ㄇㄣㄋㄚˇㄐㄧㄚˊㄍㄣˇ ㄙㄚˊㄚ ㄅㄚㄍㄟˇㄇㄚㄋㄚˇ
ㄇㄣˇㄧㄒㄧ ㄇㄥˇㄇㄨㄌㄧㄉㄜ ㄇㄣˇㄋㄧㄅㄣˇ ㄨㄨㄤˇ

請教我怎樣填存款單。

Mohon mengajarkan saya bagaimana mengisi formulir mengambil uang.

ㄇㄛㄏㄣˇ ㄇㄣㄋㄚˇㄐㄧㄚˊㄍㄣ ㄙㄚˊㄚ ㄅㄚㄍㄟˇㄇㄚㄋㄚˇ
ㄇㄣˇㄧㄒㄧ ㄇㄥˇㄇㄨㄌㄧㄉㄜ ㄇㄣˇㄋㄅㄧㄉㄜ ㄨㄨㄤˇ

請教我怎樣填提款單。

印尼貨幣

Pelajaran 35

Kantor Pos
《ㄢㄅㄛㄌㄜ ㄅㄛˇㄙ•
郵局

Kotak surat
《ㄛˇㄅㄚˇㄌㄜ ㄙㄨˊㄌㄚˇ
郵筒

Kartu pos
《ㄚㄌㄜㄅㄨ ㄅㄛˇㄙ•
明信片

Amplop
ㄢㄅㄨㄌㄛˇ
信封

Perangko
ㄅㄜㄋㄤ ˊ《ㄛˇ
郵票

Lem
ㄌㄢˊㄣ
膠水

Surat tercatat
ㄙㄨㄌㄚˊ ㄅㄜ•ㄌㄜ•ㄐㄧㄚㄅㄚˇ
掛號

Lokal
ㄌㄛ•《ㄚˇ
本地

Luar kota
ㄌㄨㄨㄚㄌㄜ 《ㄛˇㄅㄚˇ
外埠

Special delivery
ㄙ•ㄅㄟㄒㄧㄡ ㄅㄜㄌㄧㄈㄟˇㄌㄧ
限時

Alamat
ㄚˇㄌㄚㄇㄚˇ
地址

Airmail Letter
ㄚㄌㄟㄇㄟㄌ ㄌㄟㄅㄜ
航空信

Nama
ㄋㄚˇㄇㄚˇ
姓名

Transportasi laut
ㄅㄢˇㄙㄅㄛㄅㄚㄒㄧ ㄌㄚˇㄨ•
海運

Telepon
ㄅㄜㄌㄜㄈㄣˇ
電話

Mengirim paket
ㄇㄣˇㄧˊㄌㄧㄣ ㄅㄚㄍㄟˇ
包裹

Kode area
ㄍㄛㄅㄟㄜ ㄚㄌㄟˇㄚ
郵遞區號

Melewati kapasitas
ㄇㄜㄋㄟˇㄨㄚㄅㄧ ㄍㄚㄅㄚㄒㄧㄊㄚㄙ•
超重

Berapa perangko mengirim surat dengan transportasi udara ke Taiwan ?
ㄅㄜㄌㄚˇㄅㄚˇ ㄅㄜㄌㄢˇㄍㄛˇ ㄇㄣˇㄧˊㄌㄧㄣ ㄙㄨㄌㄚ
ㄅㄥˇㄖㄢ ㄅㄢˇㄙㄅㄛㄅㄚㄒㄧ ㄨˇㄅㄚㄌㄚ ㄍㄜ ㄅㄞˇㄨㄢˊ
這封航空信寄到台灣要多少郵資？

Saya ingin mengirim bungkusan melalui transportasi laut.
ㄙㄚㄧㄚ ㄧㄣˇㄧㄣ ㄇㄣˇㄧˊㄌㄧㄣ ㄅㄨㄣˇㄍㄨㄙㄢ
ㄇㄜㄌㄚˇㄌㄨㄧ ㄅㄢˇㄙㄅㄛㄅㄚㄒㄧ ㄌㄚˇㄨ•
我想把這個包裹用海運寄出。

Saya ingin mengasuransikan bungkusan ini.
ㄙㄚㄧㄚ ㄧㄣˇㄧㄣ ㄇㄣˇㄢˇㄙㄨㄌㄢㄒㄧˊㄍㄢ ㄅㄨㄣˇㄍㄨ•ㄙㄢㄌㄧㄋㄧˇ
我想為這個小包投保。

Ini adalah hadiah.
ㄧㄋㄧˇ ㄚㄅㄚㄌㄚ ㄏㄚˋㄍㄧˊㄧㄚˇ
這是一件禮物。

Saya ingin mengirim surat ini dengan certified mail.
ㄙㄚㄧㄚ ㄧㄣㄧㄣ ㄇㄣㄧㄉㄧㄣ ㄙㄨㄌㄚˇ ㄧㄣˇㄧㄣ
ㄅㄥˇㄢ ㄘㄜㄅㄧˊㄈㄞˊ ㄇㄟˇㄦ
我想把這個用掛號信寄出。

Saya ingin mengirim barang ini dengan kurir.
ㄙㄚㄧㄚ ㄧㄣˇㄧㄣ ㄇㄣˇㄧㄉㄧㄣˊ ㄅㄚㄌㄢˇ ㄧㄋㄧˇ
ㄅㄥˇㄢˇ ㄍㄨㄌㄧˊㄉㄜ •
我想把這個用快遞寄出。

Saya ingin mengirim ini dengan special delivery.
ㄙㄚㄧㄚ ㄧㄣˇㄧㄣ ㄇㄣˇㄧㄉㄧㄣˊ ㄧㄋㄧˇ ㄅㄥˇㄢˇ
ㄙㄅㄟㄒㄧㄡ ㄉㄜㄉㄧㄈㄜˇㄉㄧˇ
我想把這個用限時專送寄出。

Mohon memberikan saya perangko 1 dolar sebanyak 3 lembar.
ㄇㄜㄏㄣ ㄇㄣˇㄅㄜㄉㄧㄍㄢ ㄙㄚㄧㄚ ㄅㄜㄋㄢㄍㄜ ㄙㄚㄉㄨ
ㄅㄜㄉㄚㄉㄜ ㄙㄜㄅㄋㄧㄚ ㄅㄧㄍㄚ ㄌㄣˇㄅㄚˊㄉㄜ •
請給我三張一元的郵票。

Saya ingin membeli 4 lembar airmail letter.
ㄙㄚㄧㄚ ㄧㄣˇㄧㄣ ㄇㄣˇㄅㄜㄉㄧ ㄣㄣㄚ ㄌㄣㄅㄚㄉㄜ
ㄞˇㄉㄜㄇㄟˇㄦ ㄉㄞˊㄅㄜˊ
我想買四張航空郵簡。

Salon Gunting Rambut
ㄙㄚㄌㄣ ㄍㄨㄣˇㄍㄢㄥ ㄌㄢˇㄅㄨˇ
理髮店

Memotong rambut
ㄇㄣˇㄇㄛㄉㄨㄥ ㄌㄢˇㄅㄨˇ
剪髮

Pisau pencukur
ㄅㄧㄙㄠ ㄅㄣˇㄐㄧㄩㄍㄨˇㄌㄜ
剃刀

Pisau pencukur kumis
ㄅㄧㄙㄠ ㄅㄣˇㄐㄧㄩㄍㄨˇㄌㄜ ㄍㄨㄇㄧㄧˇㄙ•
刮鬍刀

Kumis
ㄍㄨㄇㄧㄧˇㄙ•
鬍子

Kumis dipelipis
ㄍㄨㄇㄧㄧˇㄙ• ㄅㄧㄅㄜˇㄌㄧㄅㄧㄧˇㄙ
鬢角

Mencuci rambut
ㄇㄣˇㄐㄧㄩㄐㄧ ㄌㄢㄅㄨˇ
洗頭

Saya ingin menggunting rambut.
ㄙㄚㄧㄚ ㄧㄣˇㄧㄣ ㄇㄣˇㄍㄨㄣㄍㄥ ㄌㄢˇㄅㄨˇ
我要一般的剪髮。

Mohon untuk sedikit merapikan.
ㄇㄛㄏㄣ ㄨㄣˇㄅㄨ ㄙㄜㄅㄧㄍㄧˊ ㄇㄜㄌㄚˇㄅㄧㄍㄢˇ
請稍微修一下。

Jangan potong terlalu pendek.
ㄐㄧㄤㄢ ㄅㄛㄅㄨㄥ ㄅㄜㄌㄚㄌㄨ ㄅㄢ∨ㄅㄟ∨
不要剪太短。

Potong lebih banyak lagi dikedua bagian.
ㄅㄛㄅㄨㄥ ㄌㄜㄅㄧ ㄅㄋㄧㄚ ㄌㄚㄍㄧ ㄅㄧㄍㄜ•ㄅㄨㄨㄚ
ㄅㄚㄍㄧˊㄢ∨
兩旁要多剪一些。

Dibelakang potong tipis.
ㄅㄧㄅㄜㄌㄚㄍㄢ ㄅㄛㄅㄨㄥ ㄅㄧㄅㄧ∨ㄥ
後面要剪薄。

Mohon jangan kasih minyak rambut.
ㄇㄛㄏㄣˋ ㄐㄧㄤㄢ∨ ㄍㄚㄒㄧ ㄇㄧㄧㄤ∨ ㄌㄢ∨ㄅㄨ∨
請不要擦髮油。

Saya ingin mencuci rambut.
ㄙㄚㄧㄚ ㄧㄣ∨ㄧㄣ ㄇㄣ∨ㄓㄨㄐㄧ ㄌㄢ∨ㄅㄨ∨
我想洗頭。

Mohon membantu saya merias muka.
ㄇㄛㄏㄣ ㄇㄜㄅㄢㄅㄨ ㄙㄚㄧㄚ ㄇㄜㄌㄧㄧㄚㄥ ㄇㄨㄍㄚ∨
請替我修臉。

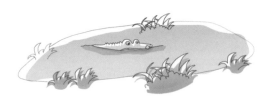

Pelajaran 37

Salon Kecantikan
ㄙㄚㄌㄣˇ ㄍㄜㄐㄧㄚㄅㄧㄍㄢˇ
美容院

MP3 37

Salon perawatan rambut
ㄙㄚㄌㄣˇ ㄅㄜㄌㄚˇㄨㄚㄌㄢ ㄌㄢˇㄅㄨˇ
美髮沙龍

Perancang model rambut
ㄅㄜ•ㄌㄢ ㄓㄤ ㄇㄛㄅㄜㄦ ㄌㄢˇㄅㄨˇ
髮型師

Keriting rambut
ㄍㄜˇㄌㄧㄅㄧㄥ ㄌㄢˇㄅㄨˇ
燙髮

Keriting untuk membuat rambut lurus
ㄍㄜˇㄌㄧㄅㄧㄥ ㄨㄣˇㄅㄨ ㄇㄣˇㄅㄨㄨㄚ ㄌㄢˇㄅㄨˇ
ㄌㄨㄌㄨˇㄙ•
離子燙

Saya ingin mencuci rambut dan mengganti model rambut.
ㄙㄚㄧㄚ ㄧㄣˇㄧㄣ ㄇㄣㄓㄨㄐㄧ ㄌㄢˇㄅㄨˇ ㄌㄢ
ㄇㄣˇㄍㄢㄅㄧ ㄇㄛㄅㄜㄦ ㄌㄢˇㄅㄨˇ
我想洗頭和做頭髮。

Saya ingin memotong rambut.
ㄙㄚㄧㄚ ㄧㄣˇㄧㄣ ㄇㄣㄇㄛㄅㄨㄥ ㄌㄢˇㄅㄨˇ
我想剪頭髮。

Saya ingin mengeriting rambut.
ㄙㄚㄧㄚ ㄧㄣˇㄧㄣ ㄇㄣˇㄦㄌㄧㄅㄧㄥ ㄌㄢˇㄅㄨˇ
我想燙髮。

Saya ingin menyemir rambut.
ㄙㄚㄧㄚ ㄧㄣˇㄧㄣ ㄇㄣˇㄧㄤㄇㄧㄉㄜ ㄌㄢˇㄅㄨˇ
我想染髮。

Mohon memberi saya daftar warna.
ㄇㄛㄏㄣ ㄇㄣㄅㄜㄌㄧ ㄙㄚㄧㄚ ㄅㄚㄈㄨ˙ㄅㄚㄉㄜ ㄨㄚˇㄌㄜㄋㄚˇ
請給我看一看顏色表。

Mohon memberi saya gambar model rambut.
ㄇㄛㄏㄣ ㄇㄣㄅㄜㄌㄧ ㄙㄚㄧㄚ ㄍㄢㄅㄚㄉㄜ ㄇㄛㄅㄝㄦ ㄌㄢㄅㄨˇ
請給我看不同髮型的圖片。

Saya suka model rambut ini.
ㄙㄚㄧㄚ ㄙㄨㄍㄚ ㄇㄛㄅㄝㄦ ㄌㄢˇㄅㄨˇ ㄧㄋㄧˇ
我喜歡這個髮型。

Apakah kamu dapat membuat rambut saya sama dengan model rambut ini ?
ㄚㄅㄚㄍㄍㄚ ㄍㄚㄇㄨˇ ㄉㄚˇㄅㄚˊ ㄇㄣㄅㄨˊㄨㄚ ㄌㄢˇㄅㄨˇ
ㄙㄚㄧㄚ ㄙㄢㄇㄚ丶 ㄅㄥˇㄢˇ ㄇㄛㄅㄝㄦ ㄌㄢˇㄅㄨˇ ㄧㄋㄧˇ
你能替我把頭髮做成這個髮型嗎？

Saya ingin merapikan kuku.
ㄙㄚㄧㄚ ㄧㄣˇㄧㄣ ㄇㄜㄉㄚㄅㄧㄍㄢ ㄍㄨㄍㄨˇ
我想修指甲。

132

Pelajaran 38

Kata Kerja
《ㄚㄅㄚ 《ㄜㄅㄜㄐㄧㄚˇ
動詞

Kosakata 單字	Kalimat 造句
Memanggil ㄇㄜㄇㄢ《ㄧˋㄌㄜ 叫	Saya memanggil dia. ㄙㄚㄧ ㄇㄜㄇㄢ《ㄧˋㄌㄜ ㄅㄧㄧㄚˇ 我去叫她。
Cinta ㄐㄧㄣㄅㄚˇ 愛	Saya cinta kamu. ㄙㄚㄧ ㄐㄧㄣㄅㄚˇ 《ㄚㄇㄨˇ 我愛你。
Silakan ㄒㄧㄅㄚ《ㄢˇ 請	Silakan duduk. ㄒㄧㄅㄚ《ㄢ ㄅㄨㄅㄨ• 請坐。
Masuk ㄇㄚㄙㄨ• 進來	Silakan masuk. ㄒㄧㄅㄚ《ㄢ ㄇㄚㄙㄨ• 請進來。
Meninggalkan ㄇㄣˇㄋㄧˇ《ㄚ《ㄢˇ 離開	Mr. Tom jam 1 meninggalkan kamar. ㄇㄧㄙㄅㄜ ㄊㄤ ㄐㄧㄤ ㄙㄚㄅㄨ ㄇㄣˇㄋㄧˇ《ㄚ《ㄢˇ 《ㄚㄇㄚˇ 湯姆先生一點離開房間。
Berjalan ㄅㄜㄅㄜㄐㄧㄚㄌㄢˇ 走	Dia berdiri dan berjalan ke arah jendela. ㄅㄧㄧㄚ ㄅㄜㄅㄧㄅㄧ ㄊㄥˇ ㄅㄜㄅㄜㄐㄧㄚㄌㄢˇ 《ㄜㄚㄅㄚ ㄐㄧㄤㄅㄟㄌㄚ 他站起來走向窗戶。
Berlari ㄅㄜㄅㄜㄅㄚㄌㄧˇ 跑	Dia mau tidak mau berlari mengejar bis. ㄅㄧㄧㄚ ㄇㄚㄨˇ ㄅㄧㄅㄚ ㄇㄚㄨˇㄨˇ ㄅㄜㄅㄜㄅㄚㄅㄧ ㄇㄣˇㄅㄣˇㄐㄧㄚㄌㄜ ㄅㄧˋㄙ 她不得不跑過去趕搭公車。

Sampai ㄙㄢˇㄅㄞˇ 到	Paket-paket ini besok sampai. ㄅㄚㄍㄟˇ-ㄅㄚㄍㄟˇ ㄧㄋㄧˇ ㄅㄟˊㄙㄛˊ ㄙㄢˇㄅㄞˇ 這些包裹明天到。
Berdiri ㄅㄜㄉㄜㄉㄧ一ㄉㄧ一ˇ 站	Anak lelaki ini terus berdiri. ㄚㄋㄚˇ ㄉㄜㄉㄚㄍㄧˊ 一ㄋㄧˇ ㄅㄜㄉㄨˇㄙ • ㄅㄜ ㄉㄜㄉㄧ一ㄉㄧ一ˇ 這位男孩一直站著。
Duduk ㄉㄨㄉㄨˇ 坐	Silahkan duduk. ㄒㄧㄉㄚㄍㄢ ㄉㄨㄉㄨˇ 請坐。
Berjongkok ㄅㄜㄉㄜㄐㄩㄥˇㄍ ㄛˇ 蹲	Dia berjongkok dibawah meja. ㄉㄧ一ㄚㄅㄜㄉㄜㄐㄩㄥˇㄍㄛˇ ㄅㄧㄅㄚㄨㄚ ㄇㄟㄐㄧ一ㄚˇ 他蹲在桌下。
Melompat ㄇㄜㄉㄥˇㄅㄚˇ 跳	Dia melompat kali kecil itu. ㄉㄧ一ㄚ ㄇㄜㄉㄥˇㄅㄚ ㄍㄚㄉㄧ ㄍㄜㄐㄧ 一ㄉㄨˇ 他跳過了那條小溪。
Berhenti ㄅㄜㄉㄜㄏㄣˇㄉㄧ一 ˇ 停	Bis berhenti. ㄅㄧㄥ • ㄅㄜㄉㄜㄏㄣˇㄉㄧ一ˇ 巴士停了下來。
Menunggu ㄇㄣˇㄋㄨㄣㄍㄨˇ 等	Mereka sedang menunggu kereta. ㄇㄜㄉㄟㄍㄚ ㄙㄜㄉㄢˇ ㄇㄣˇㄋㄨㄣㄍㄨˇ ㄍㄛˇㄉㄟˇㄅㄚˇ 他們在等火車。
Masuk ㄇㄚˊㄙㄨㄟ 進來	Apakah saya boleh masuk？ ㄚㄅㄚㄍㄚ ㄙㄚ一ㄚ ㄅㄜㄉㄟˇ ㄇㄚˊㄙㄨˊ 我可以進來嗎？

Meninggalkan ㄇㄜㄋㄧ∨ㄍㄠ∨ㄍ ㄋ∨ 離開	Meninggalkan sini. ㄇㄜㄋㄧ∨ㄍㄠ∨ㄍㄢ ㄒㄧㄋㄧ∨ 離開這裡。
Datanglah ㄉㄚ∨ㄉㄢ∨ㄌㄚ∨ 過來	Datanglah kesamping saya. ㄉㄚ∨ㄉㄢ∨ㄌㄚ∨ ㄍㄜㄙㄋㄅㄧㄥ ㄙㄚㄧㄚ∨ 過來我身邊。
Pergi ㄅㄜㄉㄜㄍㄧˊ 過去	Kamu pergi ke seberang jalan. ㄍㄚㄇㄨ ㄅㄜㄉㄜㄍㄧˊ ㄍㄜ ㄙㄜㄅㄜㄉㄢ∨ ㄐㄧㄚㄌㄢ∨ 你過去對街。
Kembali ㄍㄋ∨ㄅㄚㄌㄧ∨ 回來	Anjing kembali sendiri. ㄋㄐㄧㄥ ㄍㄋ∨ㄅㄚㄌㄧ∨ ㄙㄋ∨ㄉㄧㄌㄧ∨ 狗自己回來了。
Pulang ㄅㄨㄌㄢ∨ 回去	Waktu sudah siang , kita semestinya pulang. ㄨㄚㄉㄨ ㄙㄨㄉㄚ∨ ㄒㄧㄧㄤ∨, ㄍㄧㄉㄚ ㄙㄜㄇㄜㄒㄧㄧㄤ∨ ㄅㄨㄌㄢ∨ 時間不早了，我該回去了。
Pikir ㄅㄧㄍㄧˊㄉㄜ 想	Saya pikir dia akan datang. ㄙㄚㄧㄚ ㄅㄧㄍㄧˊㄉㄜ ㄉㄧㄧㄚ ㄚㄍㄢ ㄉㄚ∨ㄅㄤ∨ 我想他會來的。
Mendengar ㄇㄋ∨ㄉㄥㄚ∨ㄉㄜ 聽	Saya boleh mendengar musik. ㄙㄚㄧㄚ ㄅㄛㄉㄟ∨ ㄇㄋ∨ㄉㄥㄚ∨ㄉㄜ ㄇㄨㄟㄒㄧ∨ 我可以聽音樂。
Berbicara ㄅㄜㄉㄜㄅㄧㄓㄚㄉ ㄚ∨ 說	Apakah anda dapat berbicara bhs. Inggris ? ㄚㄅㄚㄍㄚ ㄢ∨ㄉㄚ ㄉㄚ∨ㄅㄚ ㄅㄜㄉㄜㄅㄧㄓㄚㄉㄚ ㄅㄚㄏㄚㄙ . ㄧㄋ∨ㄍㄉㄧ∨ㄙ 你可以說英文嗎？

Membaca ㄇㄣˇㄅㄚㄐㄧㄚˇ 讀	Saya dapat membaca koran bhs. Inggris. ㄙㄚㄧㄚ ㄉㄚˇㄅㄚ ㄇㄣˇㄅㄚㄐㄧㄚ ㄍㄛㄌㄢˇ ㄅㄚㄏㄚㄙㄚ ㄧㄣˇㄍㄌㄧˇㄙ 我會讀英文報紙。
Menulis ㄇㄣˇㄋㄨㄌㄧˇㄙ 寫	Saya sedang menulis surat. ㄙㄚㄧㄚ ㄙㄜㄉㄢ ㄇㄣˇㄋㄨㄌㄧˇㄙ ㄙㄨㄌㄚˇ 我在寫信。
Menonton ㄇㄣˇㄋㄣㄉㄥˇ 看	Saya akan pergi menonton bioskop. ㄙㄚㄧㄚ ㄚㄍㄢˇ ㄅㄜㄉㄜㄍㄧˊ ㄇㄣˇㄋㄣㄉㄥ ㄅㄧㄡˇㄙㄍㄛˇ 我要去看電影。
Mengerti ㄇㄣˇㄣㄉㄜㄉㄧˋ 懂	Apakah anda mengerti ? ㄚㄅㄚㄍㄚ ㄢㄉㄚˇ ㄇㄣˇㄣㄉㄜㄉㄧˊ 你懂嗎？
Makan ㄇㄚㄍㄢˇ 吃	Saya sedang makan siang. ㄙㄚㄧㄚ ㄙㄜㄉㄤˇ ㄇㄚㄍㄢ ㄒㄧㄧㄤˇ 我在吃午餐。
Minum ㄇㄧㄋㄨˇ 喝	Apakah ingin minum segelas minuman ? ㄚㄅㄚㄍㄚ ㄧㄣˇㄧㄣ ㄇㄧㄋㄨˇ ㄙㄜˑㄍㄜㄉㄚ ㄇㄧㄋㄨˇㄇㄢˊ 想要喝一杯飲料嗎？
Bermain ㄅㄜㄉㄜㄇㄚㄧㄣˇ 玩	Saya di kebun bermain bola. ㄙㄚㄧㄚ ㄉㄧ ㄍㄜㄅㄨㄣ ㄅㄜㄉㄜㄇㄚㄧㄣ ㄅㄛㄉㄚˇ 我在公園玩球。
Bernyanyi ㄅㄜㄉㄜㄧㄤㄋㄧˊ 唱	Apakah anda dapat bernyanyi ? ㄚㄅㄚㄍㄚ ㄢㄉㄚˇ ㄉㄚˇㄅㄚ ㄅㄜㄉㄜㄧㄤˇㄋㄧ 你會唱歌嗎？
Membuka ㄇㄣㄅㄨㄍㄚˇ 開	Membuka buku. ㄇㄣㄅㄨㄍㄚ ㄅㄨㄍㄨˇ 打開書。

Mengambil ㄇㄣˇㄋㄅ一ˇㄦ 拿	Dia mengambil selembar kertas dan mulai menulis surat. ㄉ一一ㄚ ㄇㄣˇㄋㄅ一ˇㄦ ㄙㄜㄌㄣㄅㄅㄚㄉㄜ ㄍㄜㄉㄚˇ ㄙ ㄉㄥˇ ㄇㄨㄉㄞˇ ㄇㄜㄋㄨㄌㄧㄥ ㄙㄨㄉㄞˊ 他拿了一張紙,開始寫起信來。
Meletakkan ㄇㄜˇㄌㄜˇㄉㄚ•ㄍㄢˇ 放	Meletakkan disini. ㄇㄜˇㄌㄜˇㄉㄚ•ㄍㄢˇ ㄉ一ㄒ一ˇㄋ一ˇ 放在這裡。
Pakai ㄅㄚㄍㄞˇ 穿	Baju apa yang akan kamu pakai dipesta ? ㄅㄚㄐㄩˇ ㄚㄅㄚ 一ㄤˇ ㄚㄍㄢˇ ㄍㄚㄇㄨˇ ㄅㄚˇ ㄍㄞˇ ㄉ一ㄅㄜㄙㄚˊ 宴會你要穿什麼?
Mencuci ㄇㄣˇㄓㄨㄐㄧ一ˇ 洗	Dia suka mencuci mobil sendiri. ㄉ一一ㄚ ㄙㄨㄍㄍㄚ ㄇㄣˇㄓㄨㄐㄧ一 ㄇㄛㄅ一ㄉㄜ ㄙㄣˇㄅ一ㄉ一ˇ 他喜歡自己洗車。
Menjual ㄇㄣˇㄐㄧㄩㄚ 賣	Kamu menjual apa ? ㄍㄚㄇㄨˇ ㄇㄣˇㄐㄧㄩㄚ ㄚㄅㄚˇ 你賣什麼?
Membeli ㄇㄣˇㄅㄜㄉㄧˇ 買	Saya ingin membeli ini. ㄙㄚ一ㄚ 一ㄣˇ一ㄣ ㄇㄣˇㄅㄜㄉㄧˇ 一ㄋ一ˇ 我要買這一個。
Membayar ㄇㄣˇㄅㄚ一ㄚˇㄌㄜ 付	Dia membayar kepada saya. ㄉ一一ㄚ ㄇㄣˇㄅㄚ一ㄚㄌㄜ ㄍㄜˇㄅㄚㄉㄚ ㄙㄚ一ㄚˋ 她將錢付給了我。
Memberi ㄇㄣˇㄅㄜㄉㄧˇ 給	Saya memberi dia sebuah pen. ㄙㄚ一ㄚ ㄇㄣˇㄅㄜㄉㄧ ㄉ一一ㄚ ㄙㄜㄅㄨㄨㄚ ㄅㄣˇ 我給他一支筆。

Pinjam ㄅㄧㄣㄐㄧㄤˇ 借	Berapa uang yang kamu pinjam dari dia ? ㄅㄜㄌㄚㄅㄚ ㄨㄨㄤ ㄧㄤˇ ㄍㄚㄇㄨ ㄅㄧㄣㄐㄧㄤㄧㄚ ㄌㄧˇ ㄅㄧˇㄧㄚˊ 你向他借了多少錢？
Mengembalikan ㄇㄣˇㄅˇㄅㄚㄌㄧ ˇㄍㄢˇ 還	Saya selekasnya akan mengembalikan uang. ㄙㄚㄧㄚ ㄙㄜㄌㄚㄍㄍㄚ‐ㄧ ㄚㄍㄢˇ ㄇㄣˇㄅˇㄅㄚㄌㄧㄅˇㄍㄢˇ ㄨㄨㄤˋ 我會盡快還錢。
Mengirim ㄇㄣˇˇ‐ˊㄌㄧㄣˇ 寄	Saya hari ini akan mengirim surat ke kamu. ㄙㄚㄧㄚ ㄏㄚˇㄌㄧˇ ‐ㄋㄧ‐ˇ ㄚㄍㄢ ㄇㄣˇˇ‐ˊㄌㄧㄣˇ ㄙㄨㄌㄚ ㄍㄜ ㄍㄚˇㄇㄨˋ 我今天會寄信給你。
Cari ㄓㄚㄌㄧˇ 找	Apa yang sedang kamu cari ? ㄚㄅㄚ ‐ㄤˇ ㄙㄜ˙ㄅㄤ ㄍㄚㄇㄨ ㄓㄚㄌㄧˇ 你在找什麼？
Belajar ㄅㄜㄌㄚㄧㄐㄧㄚˇㄌ ㄜ 學習	Adik perempuan saya sedang belajar bhs Mandarin. ㄚㄅㄧ ㄅㄜㄌㄣˇㄅㄨˇㄢˇ ㄙㄚ‐ㄚ ㄙㄜㄅㄤˇ ㄅㄜ ㄌㄚㄐㄧㄚㄌㄜ ㄅㄚㄏㄨㄙㄢ ㄇㄢˇㄌㄚㄌㄧㄣˇ 我的妹妹正在學中文。
Bekerja ㄅㄜㄍㄣㄌㄐㄧㄚˊ 工作	Dimana kamu bekerja ? ㄅㄧㄇㄚㄋㄚˋ ㄍㄚㄇㄨ ㄅㄜㄍㄣˇㄌㄐㄧㄚˊ 你在哪裡工作？
Sakit ㄙㄚㄍㄧ˙ 生病	Saya sakit. ㄙㄚㄧㄚ ㄙㄚㄟㄍㄧˊ 我生病了。
Istirahat ㄧˇㄙ˙ㄅㄧㄌㄚㄏ ㄚˇ 休息	Istirahatlah. ㄧˇㄙ˙ㄅㄧㄌㄚㄏㄚㄌㄚˇ 休息一下。
Tidur ㄅㄧㄅㄨˇㄌㄜ 睡覺	Dia sedang tidur. ㄅㄧ‐ㄚ ㄙㄜ˙ㄅㄤˇ ㄅㄧㄅㄨˇㄌㄜ 他正在睡覺。

Bangun ㄅㄢˇㄨㄣˇ 起床	Saya setiap hari bangun pukul 7 pagi. ㄙㄚㄧㄚ ㄙㄜㄉㄧㄧㄚˇ ㄏㄚㄉㄧ ㄅㄢˇㄨㄣˇ ㄅㄨㄍㄨ ㄅㄨㄟㄩ ㄅㄚㄍㄧˊ 我每天早上七點起床。
Mandi ㄇㄢˇㄉㄧㄟ 洗澡	Mama, apakah saya sekarang dapat mandi? ㄇㄚㄇㄚˇ, ㄚㄅㄚㄍㄍㄚ ㄙㄚㄧㄚ ㄙㄜㄍㄚㄉㄢ ㄉㄚˇㄅㄚˇ ㄇㄢˇㄉㄧˊ 媽媽，我現在可以洗澡嗎？
Mengikuti ㄇㄣˇㄧˇㄍㄨㄉㄧ ˇ 參加	Dia kemarin tidak mengikuti rapat. ㄉㄧˇㄧㄚˊ ㄍㄜㄇㄚㄉㄧㄣ ㄉㄧˇㄉㄚ ㄇㄣˇㄧˇㄍㄨㄉㄧ ㄌㄚˇㄅㄚ˙ 昨天他沒有參加會議。
Mengunjungi ㄇㄣˇㄨㄣˇ ㄐㄧㄥˊ 參觀	Saya besok akan mengunjungi gedung Taipei 101. ㄙㄚㄧㄚ ㄅㄟㄙㄜ ㄚㄍㄢ ㄇㄣˇㄨㄣˇㄐㄧㄥˊ ㄍㄜ ㄅㄨㄥ ㄊㄞㄅㄟ ㄙㄚㄅㄨㄍㄍㄜㄙㄨㄥㄙㄚˇㄅㄨˇ 明天我要參觀台北101大樓。

Kata Sifat
《ㄚㄅㄚ ㄒㄧㄈㄚˋ
形容詞

MP3 39

Merah ㄇㄟㄉㄚㄏㄚ· 紅色	Putih ㄅㄨㄉㄧˋㄟ 白色
Kuning 《ㄨㄥˇㄋㄧㄥˇ 黃色	Hitam ㄏㄧㄅㄤˇ 黑色
Oranye ㄛㄉㄚㄋㄧㄡˋ 橙色	Warna gelap ㄨㄚㄉㄜㄋㄚ 《ㄜㄉㄚˋ 深色
Hijau ㄏㄧㄐㄧㄠˇ 綠色	Warna terang ㄨㄚㄉㄜㄋㄚ ㄉㄜˇㄋㄢˇ 淺色
Biru ㄅㄧㄉㄨˇ 藍色	Biru gelap ㄅㄧㄉㄨ 《ㄜˇㄉㄚˋ 深藍色
Violet ㄈㄧㄡㄉㄟˇ 紫色	Hijau muda ㄏㄧㄐㄧㄠ ㄇㄨㄉㄚˇ 淺綠色
Coklat ㄓㄛ《ㄜˇㄉㄚˇ 棕色	Besar ㄅㄜ·ㄙㄚˋㄉㄜ 大
Abu-abu ㄚㄅㄨˊ-ㄚㄅㄨˋ 灰色	Kecil 《ㄜ·ㄐㄧㄡˇ 小

Panjang
ㄅㄢㄐㄧㄤˇ
長

Dekat
ㄅㄜㄍㄚˇ
近

Pendek
ㄅㄢㄉㄜˇ
短

Cepat
ㄓㄜㄅㄚˇ
快

Tinggi
ㄅㄧㄣˇㄍㄧˊ
高

Lambat
ㄌㄢˇㄅㄚˇ
慢

Rendah
ㄌㄣㄉㄚ
低

Pagi
ㄅㄚㄍㄧˊ
早

Pendek
ㄅㄢㄉㄟˇ
矮

Malam
ㄇㄚㄌㄚˇ
晚

Sempit
ㄙㄣㄅㄧˇ
窄

Baru
ㄅㄚㄉㄨˇ
新

Lebar
ㄌㄟㄅㄚˇㄌㄜ
寬

Lama
ㄌㄚˇㄇㄚˇ
舊

Banyak
ㄅㄢˇㄧㄚˇ
多

Benar
ㄅㄜㄋㄚˇㄌㄜ
對

Sedikit
ㄙㄜ‧ㄉㄧㄍㄧˊ
少

Salah
ㄙㄚㄌㄚˇ
錯

Jauh
ㄐㄧㄚㄨˇ
遠

Baik
ㄅㄚㄧ‧
好

Rusak
ㄌㄨㄙㄚˋ
壞

Tidak sibuk
ㄉㄧㄌㄚ ㄒㄧㄅㄨ˙
閒

Sibuk
ㄒㄧㄅㄨ˙
忙

Capek
ㄓㄚㄅㄟˇ
累

Sakit
ㄙㄚㄍㄧˇ
疼

Lapar
ㄌㄚˇㄅㄚˇㄌㄜ
餓

Kenyang
ㄍㄣˇㄧㄤˋ
飽

Ringan
ㄌㄧㄣㄢˇ
輕

Berat
ㄅㄜㄌㄚˇ
重

Gelap
ㄍㄜˇㄌㄚˇ
暗

Terang
ㄉㄜˊㄌㄤˇ
亮

Asin
ㄚㄒㄧㄣˋ
鹹

Tawar
ㄉㄚㄨㄚˇㄌㄜ˙
淡

Manis
ㄇㄚㄋㄧˇㄙ˙
甜

Asam
ㄚㄙㄤˋ
酸

Pahit
ㄅㄚㄏㄧˋ
苦

Pedas
ㄅㄜㄉㄚˇㄙ˙
辣

Segar
ㄙㄜ˙ㄍㄚˇㄌㄜ˙
新鮮

Dingin
ㄉㄧㄣˇㄧㄣˇ
冷

Panas
ㄅㄚㄋㄚˇㄙ˙
熱

Hangat
ㄏㄢˇㄚˇ
暖和

Sejuk
ㄙ‧ㄐㄧㄩˊ
涼快

Kotor
ㄍㄛˇㄅㄛˇㄉㄜ‧
髒

Bersih
ㄅㄜㄅㄜㄒㄧㄟ
乾淨

Sukar
ㄙㄨㄍㄚˇㄉㄜ
難

Mudah
ㄇㄨㄉㄚˇ
容易

Mahal
ㄇㄚ‧ㄏㄚㄟ
貴

Murah
ㄇㄨ‧ㄉㄚˊㄏㄚㄟ
便宜

Nyaman
ㄋㄧㄤˇㄇㄢˇ
舒服

Bahagia
ㄅㄚㄏㄚ‧ㄍㄧˊㄧㄚ
幸福

Gembira
ㄍㄣˇㄅㄧㄉㄚˇ
高興

Praktis
ㄅㄜㄉㄚㄅㄧˇㄙ‧
方便

Menyulitkan
ㄇㄜㄋㄩˇㄉㄧㄍㄢˇ
麻煩

Puas
ㄅㄨㄨㄚㄙ‧
滿意

Marah
ㄇㄚㄉㄚㄏㄚ‧
生氣

Cantik
ㄐㄧㄤㄅㄧˇ
美麗

143

① Unit barang   東西的單位
ㄨㄋㄧˇ ㄅㄚㄌㄤˇ

Kosakata 單字	Kalimat 造句
Orang ㄛㄌㄢˇ 位	Orang ini adalah teman saya. ㄛㄌㄢˇ ㄧㄋㄧˇ ㄚㄅㄚㄌㄚ ㄅㄥˇㄇㄢ ㄙㄚㄧㄚˇ 這位是我的朋友。
Ekor ㄟㄍㄛˇㄌㄜ 隻	Dibawah meja ada seekor kucing. ㄅㄧㄅㄚˇㄨㄚ ㄇㄟㄐㄧㄚ ㄚㄌㄚˇ ㄙㄜㄟㄍㄛˇㄌㄜ ㄍㄨ·ㄐㄧㄣˇ 桌子下有一隻貓。
Buah ㄅㄨㄨㄚˇ 部	Disini ada sebuah komputer. ㄅㄧㄒㄧㄋㄧ ㄚㄌㄚ ㄙㄜㄅㄨㄨㄚ ㄍㄨㄥˇㄅㄨㄉㄜˇㄌㄜ 這裡有一部電腦。
Buah ㄅㄨㄨㄚˇ 個	Didalam keranjang ada 3 buah apel. ㄅㄧㄅㄚㄌㄢ ㄍㄜ·ㄌㄢㄐㄧㄤ ㄚㄌㄚ ㄅㄧˇㄍㄚˇ ㄅㄨㄨㄚ ㄚㄅㄜˇ 籃子裡有三個蘋果。
Batang ㄅㄚㄉㄤˇ 枝	Disini ada sebatang pensil. ㄅㄧㄒㄧㄋㄧ ㄚㄌㄚ ㄙㄜㄅㄚㄉㄤ ㄅㄣˇㄒㄧˇㄦ 這是一枝筆。
Buah ㄅㄨㄨㄚˇ 張	Didalam kamar ada sebuah kursi. ㄅㄧㄅㄚㄌㄢ ㄍㄚㄇㄚㄌㄜ ㄚㄌㄚ ㄙㄜㄅㄨㄨㄚ ㄍㄨㄌㄜㄒㄧ 房間裡有一張椅子。

Helai ㄏㄜ˙ㄌㄞˇ 件	Saya membeli dua helai baju. ㄙㄚ˙ㄧㄚ ㄇㄣˇㄅㄜㄌㄧ ㄉㄨㄚ ㄏㄜˊㄌㄞˊ ㄅㄚㄐㄧㄩˇ 我買了兩件衣服。
Buah ㄅㄨㄨㄚˇ 本	Diatas meja ada 3 buah buku. ㄉㄧ˙ㄚㄉㄚㄙ ㄇㄟㄐㄧˉ ㄚㄉㄚ ㄅㄧㄍㄚˇ ㄅㄨㄨㄚ ㄅㄨㄍㄨˊ 桌子上有三本書。
Ekor ㄟㄍㄛˇㄌㄜ 頭	Kakek memelihara seekor sapi. ㄍㄚㄍㄟˊ ㄇㄜㄇㄜㄌㄧˇㄏㄚㄌㄚ ㄙㄟㄟㄍㄛˇㄌㄜ ㄙㄚㄟㄅㄧˉ 爺爺養了一頭牛。
Ekor ㄟㄍㄛˇㄌㄜ 匹	Papa membelikan saya seekor kuda. ㄅㄚㄅㄚ ㄇㄣˇㄅㄜㄌㄧㄍㄢ ㄙㄚㄧㄚ ㄙㄟㄟㄍㄛˇㄌㄜ ㄅㄨㄉㄚˇ 我爸爸為我買了一匹馬。
Ekor ㄟㄍㄛˇㄌㄜ 條	Tetangga sebelah memelihara 3 ekor anjing. ㄉㄜㄉㄤㄍㄜ ㄙㄜㄅㄜㄌㄚ ㄇㄜㄇㄜㄌㄧˇㄏㄚㄉㄚ ㄅㄧㄍㄚ ㄟㄍㄛˇㄌㄜ ㄅㄣㄧㄣˇ 隔壁鄰居養了三條狗。
Botol ㄅㄜㄉㄛˇ 瓶	Dia dapat sekaligus minum 2 botol minuman keras. ㄅㄧㄧㄚ ㄉㄚˇㄅㄚˇ ㄙㄜㄍㄚˇㄌㄧˇㄍㄨㄥ˙ ㄇㄧㄋㄨ ㄉㄨㄨˇ ㄅㄜㄅㄛ ㄇㄧㄋㄨㄇㄢ ㄍㄜˇㄌㄚˇㄙ˙ 他一次能喝兩瓶酒。
Gelas ㄍㄜㄌㄚˇㄙ˙ 杯	Mohon untuk memberikan saya segelas air. ㄇㄛㄏㄣ ㄨㄣˇㄉㄨ ㄇㄣˇㄅㄜㄌㄧˉㄍㄢ ㄙㄚㄧㄚ ㄙㄜㄍㄜㄌ ㄚㄙ˙ ㄚˇㄧˊㄌㄜ 請給我一杯水。
Pasang ㄅㄚㄙㄢˋ 雙	Berapa harga sepasang sepatu ini ? ㄅㄜㄌㄚㄅㄚ ㄏㄚㄉㄜㄍㄚ ㄙㄜㄅㄚㄙㄢ ㄙㄜ˙ㄅㄚㄉㄨˇ ㄧㄋㄧ 這一雙鞋多少錢？
Kali ㄍㄚㄌㄧˇ 次	Mama pertama kali pergi berwisata ke luar negeri. ㄇㄚㄇㄚ ㄅㄜㄉㄚㄇㄚ ㄍㄚㄌㄧˇ ㄅㄜㄌㄜㄍˉ ㄅㄜㄌㄜㄨ ㄩˇㄙㄚㄉㄚ ㄍㄜ ㄉㄨㄨㄚㄌㄜ ㄋㄜㄍㄜㄌㄧˇ 媽媽第一次出國旅遊。

Kali ㄍㄚㄌㄧˇ 遍	Saya sudah membaca buku ini 2 kali. ㄙㄚㄧㄚ ㄙㄨㄉㄚˇ ㄇㄣˇㄅㄚㄐㄧㄚ ㄅㄨㄍㄨ ㄧㄋㄧˇ ㄉㄨㄨㄚ ㄍㄚㄌㄧ 這本書我看了兩遍。
Sedikit ㄙㄜㄉㄧㄍㄧˊ 一點兒	Jika haus segera minum sedikit air. ㄐㄧㄍㄚ ㄏㄚㄨˋㄙ ㄙㄜㄍㄜㄌㄚ ㄇㄧㄋㄨ ㄙㄜㄉㄧㄍㄧˊ ㄚ˙ㄌㄜ˙ 如果口渴就去喝一點兒水。

② **Unit Waktu** 時間的單位
　ㄨㄋㄧˇ ㄨㄚㄉㄨˇ

Detik
ㄉㄜㄉㄧˇ
秒

Menit
ㄇㄜㄋㄧˇ
分

Seperempat jam
ㄙㄜㄅㄜㄌㄣㄅㄚ ㄐㄧㄤˇ
刻

Pukul
ㄅㄨㄍㄨˇㄉㄜ
點

Jam
ㄐㄧㄤˇ
小時

③ Unit Mata uang 貨幣的單位
ㄨㄋㄧˇ ㄇㄚㄅㄚ ㄨㄨㄤˇ

Uang rupiah
ㄨㄨㄤˇ ㄌㄨˇㄅ一一ㄚˇ
印尼盾

Mata uang
ㄇㄚㄅㄚ ㄨㄨㄤˇ
盾

Uang logam
ㄨㄨㄤˇ ㄌㄛˇㄍㄢˇ
硬幣

Uang kertas
ㄨㄨㄤˇ ㄍㄜㄉㄜㄉㄚㄙ•
紙幣

Uang Tai Pi (Taiwan)
ㄨㄨㄤˇ ㄊㄞˇ ㄅ一ㄟ（ㄊㄞˇㄨㄢ）
台幣

Dolar / Dolar
ㄅㄛㄌㄚˇㄌㄜ/ㄅㄛㄌㄚˇㄌㄜ
元／塊

Dolar US
ㄅㄛㄌㄚˇㄌㄜ ㄩ ㄟㄙ
美金

0.1
ㄋㄛㄍㄛㄇㄚㄙㄚㄉㄨˇ
角

Persen
ㄅㄜㄌㄜㄙㄋˇ
分

Dolar
ㄅㄛㄌㄚˇㄌㄜ
元

④ **Unit Panjang** 長度的單位
ㄨㄋㄧˇ ㄅㄢㄐㄧㄤˇ

Milimeter
ㄇㄧㄌㄧㄇㄟㄉㄚˇㄉㄜ
公厘

Sentimeter
ㄙㄢㄉㄧㄇㄟㄉㄚˇㄉㄜ
公分

Meter
ㄇㄟㄉㄚˇㄉㄜ
公尺

Kilometer
ㄍㄧㄌㄛㄇㄟㄉㄚˇㄉㄜ
公里

⑤ **Unit Berat Barang** 重量的單位
ㄨㄋㄧˇ ㄅㄜㄉㄚ ㄅㄚㄌㄤˇ

50 gram
ㄌㄧㄇㄚˇ ㄅㄨㄌㄨ ㄍㄜ˙ㄌㄤˇ
兩

Gram
ㄍㄜ˙ㄌㄤˇ
公克

Kilogram
ㄍㄧㄌㄛˇㄍㄜ˙ㄌㄤˇ
公斤

⑥ Unit Kemasan Benda Cair　容器的單位
ㄨㄋㄧ ㄍㄣˇㄇㄚㄙㄢ ㄅㄣˇㄉㄚ ㄓㄚㄧˇㄌㄜ

Milimeter
ㄇㄧㄋㄧㄇㄟㄉㄚˇㄌㄜ
毫升

Liter
ㄌㄧˇㄉㄚˇㄌㄜ
公升

⑦ Unit Luas Tempat　面積的單位
ㄨㄋㄧ ㄌㄨㄨㄚㄙ ㄉㄥˇㄅㄚˇ

Sentimeter persegi
ㄙㄋㄉㄧㄇㄟㄉㄚㄌㄜ ㄅㄜㄉㄜㄙㄜ•ㄍㄧˊ
平方公分

Meter persegi
ㄇㄟㄉㄚㄌㄜ ㄅㄜㄉㄜㄙㄜ•ㄍㄧˊ
平方公尺

Are
ㄚㄌㄟˇ
公畝

Hektar
ㄏㄟㄉㄚˇㄌㄜ
公頃

Kilometer persegi
ㄍㄧㄌㄛㄇㄟㄉㄚˇㄌㄜ ㄅㄜㄉㄜㄙㄜ•ㄍㄧˊ
平方公里

Kata Ganti Nama Orang
《ㄚㄅㄚ 《ㄢˇㄅㄧ ㄋㄚㄇㄚ ㆤˇㄌㄤˇ

代　詞

MP3 41

Orang pertama ㆤˇㄌㄤˇ ㄅㆤㄌㆤㄅㄚㄇㄚˇ 第一人稱	Saya ㄙㄚ一ㄚˇ 我	Kami 《ㄚㄇ一ˇ 我們
Orang kedua ㆤˇㄌㄤˇ 《ㆤˇㄌㄨㄨㄚˇ 第二人稱	Kamu 《ㄚㄇㄨˇ 你	Kamu sekalian 《ㄚㄇㄨˊ ㄙㆤ《ㄚˇㄌㄧˇㄢˇ 你們
Orang ketiga ㆤˇㄌㄤˇ 《ㆤˇㄅㄧ《ㄚˇ 第三人稱	Dia (laki), ㄅㄧ一ㄚ(ㄌㄚ《一ˊ) Dia (perempuan) ㄅㄧ一ㄚ(ㄅㆤㄌㄣˇㄅㄨˊㄢˇ) Dia (benda) ㄅㄧ一ㄚ(ㄅㄣㄅㄚˇ) 他、她、它	Mereka (laki) ㄇㆤㄌㄟ《ㄚ(ㄌㄚ《一ˇ) Mereka (perempuan) ㄇㆤㄌㄟ《ㄚ(ㄅㆤㄌㄣˇㄅㄨˊㄢˇ) Mereka (benda) ㄇㆤㄌㄟ《ㄚ(ㄅㄣˇㄅㄚˇ) 他們、她們、它們

Saya cinta kamu.
ㄙㄚ一ㄚ ㄐ一ㄣㄅㄚ 《ㄚㄇㄨˇ
我愛你

Kami sangat gembira bertemu dengan anda.
《ㄚㄇ一 ㄙㄢˇㄤˇ 《ㄣˇㄅㄧˇㄌㄚ ㄅㆤㄌㆤㄅㄥㄇㄨ ㄅㄥˇㄢˇ ㄢㄅㄚˇ
我們很高興見到你。

Kamu berdua menyapu ruangan utama.
《ㄚˇㄇㄨ ㄅㆤㄌㆤㄅㄨㄨㄚ ㄇㄣˇ一ㄚ·ㄅㄨ ㄌㄨˇㄨㄤㄢ ㄨˇㄅㄚ·ㄇㄚˇ
你們兩人打掃大廳。

Dia adalah seorang guru.
ㄉㄧㄚˇㄧㄚˊ ㄚˇㄉㄚˇㄉㄚ ㄙㄛˇㄚˇㄚˇㄋㄢˇㄍㄨㄌㄨ
他是一位老師。

Dia sangat cantik.
ㄉㄧˇㄧㄚˊㄙㄢˇㄢˇ ㄐㄧㄤㄉㄧ
她很美麗。

Dia adalah seekor kucing.
ㄉㄧˇㄧㄚˊ ㄚㄉㄚㄉㄚ ㄙㄟˇㄟˇㄍㄛˇㄉㄜˋ ㄍㄨ˙ㄐㄧㄣ
它是一隻貓。

Mereka kurang lebih jam 4 pulang kerumah.
ㄇㄜㄉㄟㄍㄚ ㄍㄨˇㄌㄤˇ ㄌㄜㄅㄧ ㄐㄧㄤˇ ㄣㄣㄚ ㄅㄨㄌㄤ
ㄍㄛˇㄌㄨˇㄇㄚˇ
他們四點左右回家。

Mereka ingin bersama-sama menari balet.
ㄇㄜㄉㄟㄍㄚ ㄧㄣˇㄧㄣ ㄅㄜㄉㄜㄙㄚㄇㄚ-ㄙㄚㄇㄚ ㄇㄣˇㄋㄚㄉㄧ
ㄅㄚㄌㄟˇ
她們要一起去跳芭蕾舞。

Kosakata 單字	Kalimat 造句
Ini / Ini ㄧㄋㄧ∨/ㄧㄋㄧ∨ 這/這個	Ini adalah sebuah buku. ㄧㄋㄧˇ ㄚˇㄉㄚㄉㄚ ㄙㄜㄅㄨㄨㄚ ㄅㄨㄍㄨˇ 這是一本書。
Itu / Itu ㄧㄉㄨˇ/ㄧㄉㄨˇ 那/那個	Itu adalah mobil saya. ㄧㄉㄨ ㄚˇㄉㄚㄉㄚ ㄇㄛㄅㄧ─ㄦ ㄙㄚㄧㄚˇ 那是我的汽車。
Mana/Dimana ㄇㄚㄋㄚˇ/ㄉㄧˇㄇㄚ ㄚㄋㄚˇ 哪/哪個	Dimana letak bangku saya ? ㄉㄧˇㄇㄚㄋㄚ ㄌㄜㄉㄚˇ·ㄅㄢˇㄍㄨ ㄙㄚㄧㄚˊ 哪個座位是我的?
Disini/Disini ㄉㄧˇㄒㄧㄋㄧˇ/ㄉ ㄧˇㄒㄧㄋㄧˇ 這裡/這兒	Kami pada musim panas tinggal disini. ㄍㄚㄇㄧ ㄅㄚㄉㄚㄇㄨㄒㄧㄣ ㄅㄚㄋㄚㄙ ㄉㄧㄥㄍㄠ ㄉㄧˇ ㄒㄧㄋㄧˇ 我們夏天住在這裡。

Disana/Disana ㄉㄧ-ㄥㄙㄋㄋㄚ/ ㄉㄧㄥㄋㄋㄚˋ 那裡/那兒	Dia tinggal disana. ㄉㄧㄚ ㄉㄧㄥㄍㄠ ㄉㄧㄥㄋㄋㄚˋ 他住在那裡。
Mana/Disana ㄇㄚㄋㄚ/ㄉㄧㄥㄋㄋㄚˇ 哪裡/哪兒	Dia berasal dari mana ? ㄉㄧㄧㄚ ㄅㄜㄉㄚˊㄙㄚ ㄉㄚˇㄉㄧˇ ㄇㄚㄋㄚˇ 他是哪裡人?

Kosakata 單字	Kalimat 造句
Siapa ㄒㄧ-ㄨ-ㄚㄅㄚˇ 誰	Siapa yang meminjam buku saya ? ㄒㄧ-ㄨ-ㄚㄅㄚ ㄧㄤˇ ㄇㄣˇㄇㄧㄣㄣㄐㄧㄤ ㄅㄨㄍㄨ ㄙㄚ-ㄚˊ 誰借了我的書?
Apa ㄚㄅㄚˇ 什麼	Kamu bicara apa ? ㄍㄚㄇㄨ ㄅㄧㄐㄧㄚˇㄉㄚ ㄚㄅㄚˇ 你說什麼?
Berapa ㄅㄜˇㄉㄚㄅㄚˇ 多少	Berapa siswa dikelas kamu ? ㄅㄜˇㄉㄚㄅㄚˇ ㄒㄧㄥㄨㄚ ㄉㄧˇㄍㄜㄉㄚㄚˇㄥ ㄍㄚㄇㄨˊ 你們班上有多少學生?
Berapa ㄅㄜㄉㄚㄅㄚˇ 幾	Berapa mata pelajaran dibuku ini ? ㄅㄜㄉㄚㄅㄚˇ ㄇㄚㄅㄚ ㄅㄜㄉㄚㄐㄧㄚㄢㄢ ㄉㄧㄉㄨㄍㄨˇ ㄧㄋㄧˊ 這本書有幾課?
Bagaimana ㄅㄚㄍㄟˇㄇㄚㄋㄚˊ 怎麼	Bagaimana kamu memanjat tingkat paling atas ? ㄅㄚㄍㄞˇㄇㄚㄋㄚ ㄍㄚㄇㄨ ㄇㄣˇㄇㄢㄐㄧㄚ ㄉㄧㄥㄍㄚ ㄅㄚㄉㄧㄥ ㄚㄉㄚㄙˋ• 你是怎麼爬上樓頂的?
Bagaimana ㄅㄚㄍㄟˇㄇㄚㄋㄚˊ 怎麼樣	Bagaimana dengan Mr. Bill ? ㄅㄚㄍㄟˇㄇㄚㄋㄚ ㄉㄥˇㄉㄢ ㄇㄧㄙㄉㄥ ㄅㄧˇㄦ 比爾先生怎麼樣了?

Pelajaran 42

Kata Keterangan
《ㄚㄅㄚ 《ㄜˇㄅㄜㄋㄋㄋˇ
副　詞

Kosakata 單字	Kalimat 造句
Tidak mempunyai ㄅㄧㄅㄚ ㄇㄣˇㄅㄨㄟㄚ ㄗㄧˇ　沒有	Saya tidak mempunyai uang. ㄙㄚㄧㄚ ㄅㄧㄅㄚ ㄇㄣˇㄅㄨㄟㄚˊˇ ㄨㄨㄤˇ 我沒有錢。
Tidak ㄅㄧㄅㄚˇ 不	Saya tidak suka dia. ㄙㄚㄧㄚ ㄅㄧㄅㄚˇ ㄙㄨ《ㄚ ㄅㄧˇㄧㄚˊ 我不喜歡她。
Selalu ㄙㄜㄅㄚㄅㄨˇ 都	Saya selalu pergi kesekolah bersamasama Tom. ㄙㄚㄧㄚㄙㄜㄅㄚㄅㄨˇ ㄅㄜㄅㄜ《ㄧˊ 《ㄜˇㄙㄜˇㄜˇㄅㄚ ㄅㄜㄅㄜㄙㄚㄇㄚㄙㄚㄇㄚ ㄊㄨㄥㄟ 我都和湯姆一起上學。
Juga ㄐㄧㄩ《ㄚˇ 也	Tom juga berumur 10 tahun. ㄊㄨㄥˇ ㄐㄧㄩ《ㄚ ㄅㄜㄅㄜㄨㄇㄨ ㄙㄜㄅㄨㄅㄨ ㄅㄚˇㄏㄨㄣㄟ 湯姆也是十歲。
Masih ㄇㄚˇㄒㄧˇ 還	Dia masih bekerja di sawah. ㄅㄧˇㄚ ㄇㄚㄒㄧ ㄅㄜ《ㄜㄅㄜㄐㄧˇㄚ ㄅㄧˇ ㄙㄚㄨㄚˇ 他還在田裡工作。
Lagi ㄅㄚˇ《ㄧˊ 又	Kamu datang pagi , malam datang lagi. 《ㄚㄇㄨ ㄅㄚˇㄅㄤˇ ㄅㄚ《ㄧˊ,ㄇㄚˇㄅㄤˇ ㄅㄚˇㄅㄤˇ ㄅㄚ《ㄧˊ 你早上來，晚上又來了。
Lagi ㄅㄚˇ《ㄧˊ 再	Mohon mengucapkan sekali lagi. ㄇㄛˇㄏㄣ ㄇㄜ《ㄨㄐㄧㄚ《ㄢ ㄙㄜ《ㄚㄅㄧ ㄅㄚˇ《ㄧˊ 請再説一遍。
Kata untuk Menegaskan 《ㄚㄅㄚ ㄨㄅㄅㄨˇ· ㄇ ㄅㄋㄜˇ《ㄚㄙ《ㄢˇ 就	Rumah saya ada didepan. ㄅㄨㄇㄚˇ ㄙㄚˇㄧㄚ ㄚㄅㄚ ㄅㄧㄅㄜㄅㄋˇ 我家就在前面。

Hanya ㄏㄚㄋㄧㄚ∨ 才	Saya hanya 7 tahun. ㄙㄚㄧㄚ ㄏㄚㄋㄧㄚ ㄉㄨㄐㄧㄩ ㄉㄚㄏㄨㄣˋ 我才七歲。
Hanya ㄏㄚㄋㄧㄚˇ 只	Saya hanya cinta dia. ㄙㄚㄧㄚ ㄏㄚˋㄋㄧㄚ∨ ㄐㄧㄣㄉㄚ ㄅㄧ∨ㄧㄚ 我只愛她。
Paling ㄅㄚㄌㄧ∨ 最	Dia paling tidak suka berenang. ㄉㄧㄧㄚ ㄅㄚㄌㄧ∨ ㄉㄧㄉㄚ∨ ㄙㄨㄍㄚ ㄅㄜㄌㄣ∨ㄋㄤ∨ 她最不喜歡游泳。
Sangat ㄙㄢㄤ∨ 很	Dia sangat bodoh. ㄉㄧㄧㄚ ㄙㄢㄤ∨ ㄅㄛ∨ㄉㄛ∨ 你很笨。
Sangat ㄙㄢㄤ∨ 非常	Kamu sangat tinggi. ㄍㄚㄇㄨ ㄙㄢㄤ∨ ㄉㄧㄣ∨ㄍㄧˊ 你長的非常高。
Sangat ㄙㄢㄤ∨ 極	Saya sangat stress oleh pekerjaan saya. ㄙㄚㄧㄚ ㄙㄢㄤ∨ ㄙㄜ•ㄅㄜㄌㄟ∨ㄙ• ㄛㄌㄟ∨ ㄅㄜㄍㄜㄐㄧㄚㄢ ㄙㄚㄧㄚ 我的工作壓力極大。
Sering ㄙㄜ∨ㄌㄧㄣ∨ 常常	Saya sering terlambat. ㄙㄚㄧㄚ ㄙㄜ∨ㄌㄧㄣ∨ ㄉㄜ∨ㄌㄜㄌㄢㄅㄚ∨ 我常常遲到。
Sudah ㄙㄨㄉㄚ∨ 已經	Saya sudah berumur 80 tahun. ㄙㄚㄧㄚ ㄙㄨㄉㄚ∨ ㄅㄜㄌㄨㄇㄨㄌㄜ ㄉㄜㄌㄚㄅㄢ ㄅㄨㄌㄨ ㄉㄚ∨ㄏㄨㄣˋ 我已經八十歲了。
Bersama-sama ㄅㄜㄌㄜㄙㄚㄇㄚ-ㄙㄚㄇㄚ∨ 一起	Kita pergi bersekolah bersama-sama setiap hari. ㄍㄧㄉㄚ ㄅㄜㄌㄜㄍㄧˊ ㄅㄜㄌㄜㄙㄜ∨ㄍㄛㄌㄚ ㄅㄜㄌㄜㄙㄚㄇㄚ-ㄙㄚㄇㄚ ㄙㄜㄉㄧㄧㄚ ㄏㄚㄌㄧ∨ 我們每天一起上學。
Lebih ㄌㄜㄅㄧ∨ 比較	Rumah ini lebih besar. ㄌㄨ∨ㄇㄚ∨ ㄧㄋㄧ∨ ㄌㄜㄅㄧ ㄅㄜㄙㄚ∨ㄌㄜ 這個房子比較大。

Pelajaran 43

Kata Depan
《ㄚㄅㄚ ㄉㄜㄅㄣˋ
前置詞

Kosakata 單字	Kalimat 造句
Berasal dari ㄅㄜˇㄉㄚㄙㄚ ㄉㄚˇㄉㄧˇ 從	Saya berasal dari Taiwan. ㄙㄚㄧㄚ ㄅㄜㄉㄚㄙㄚ ㄅㄚˇㄉㄧˇ ㄊㄞˇㄨㄢˋ 我從台灣來。
Jarak ㄐㄧㄚㄉㄚˇㄅ· 離	Jarak rumah saya dengan sekolah sangat dekat. ㄐㄧㄚㄉㄚˇ ㄉㄨˇㄇㄚˇ ㄙㄚㄧㄚ ㄉㄥˇ《ㄋˇ ㄙㄜ《ㄜㄉㄚ ㄙㄢㄤˋ ㄉㄜ《ㄚˋ 我家離學校很近。
Ke arah 《ㄜ ㄚㄉㄚˇ 往	Kamu berjalan ke arah depan dapat melihat rumah sakit. 《ㄚㄇㄨ ㄅㄚㄐㄧㄚㄉㄢ 《ㄜ ㄚㄉㄚ ㄉㄜㄅㄢ ㄅㄚˇㄅㄚ ㄇㄜㄉㄧˇㄏㄚ ㄉㄨㄇㄚ ㄙㄚ《ㄧˋ 你往前走就可以看到醫院了。
Dengan ㄉㄥˇㄋˇ 跟	Saya dengan kamu menonton bioskop. ㄙㄚㄧㄚ ㄉㄥˇㄋˇ 《ㄚㄇㄨ ㄇㄣㄋㄣㄋㄣ ㄅㄧˇㄛˋ ㄙ《ㄛˇ 我跟你去看電影。
Ya ㄧㄚˋ 把	Mohon mengembalikan uang saya ya. ㄇㄛㄏㄣ ㄇㄥㄅㄣˇㄅㄚㄉㄧ《ㄢ ㄨㄨㄤˇ ㄙㄚㄧㄚˇ ㄧㄚˊ 請把錢還給我。
Lebih ㄉㄜㄅㄧˊ 比	Saya lebih pandai daripada kamu. ㄙㄚㄧㄚ ㄉㄜㄅㄧˊ ㄅㄢˇㄉㄞˊ ㄅㄚㄉㄧㄅㄚㄉㄚ 《ㄚㄇㄨ 我比你聰明。
Memperlakukan ㄇㄣㄅㄜㄉㄚ《ㄨ《ㄢ ˇ 對	Guru memperlakukan saya dengan baik. 《ㄨㄉㄨ ㄇㄣˇㄅㄜㄉㄚ《ㄨ《ㄢˇ ㄙㄚㄧㄚ ㄉㄥˇㄋˇ ㄅㄞˋ 老師對我很好。

Oleh ㄛㄌㄟˇ 被	Buku dipinjam oleh saya. ㄅㄨㄍㄨ ㄉㄧㄅㄧㄣㄐㄧㄤ ㄛㄌㄟˇ ㄙㄚㄧㄚˇ 書被他借走了。
Demi ㄅㄜㄇㄧˇ 為	Mereka berperang demi berdirinya demokrasi. ㄇㄜㄌㄟㄍㄚ ㄅㄜㄅㄜㄌㄤ ㄅㄜㄇㄧˇ ㄅㄜㄅㄧˉㄌㄧㄧㄚ ㄉㄟㄇㄛㄍㄜㄌㄚㄒㄧ 他們為民族獨立而戰。
Dari ㄅㄚㄇˇㄌㄧˇ 向	Kami belajar dari kamu. ㄍㄚㄇㄧ ㄅㄜㄌㄚㄧㄐㄧˉㄚ ㄅㄚˇㄌㄧˇ ㄍㄚㄇㄨ• 我們向你學習。
Di ㄅㄧˉ 在	Dua bersaudara laki-laki belajar dikelas yang sama. ㄅㄨ ㄚ ㄅㄜㄙㄥㄍㄨˇㄅㄚㄉㄚ ㄅㄚㄍㄧˉㄅㄚㄍㄧˉ ㄅㄜㄌㄚㄐㄧˉㄚㄉㄜ ㄅㄧˉㄍㄜㄌㄚㄙ• ㄧㄤˇ ㄙㄚㄇㄚ 兩兄弟在同一個班裡上課。

Pelajaran 44

Kata Bantu
《ㄚㄅㄚ ㄅㄢㄅㄨˇ
助詞

Kosakata 單字	Kalimat 造句
Kata kepunyaan 《ㄚㄅㄚ 《ㄜㄅㄨˇ ㄧㄚㄢˇ 的	Terima kasih untuk hadiah anda. ㄅㄜㄅㄧㄇㄚ 《ㄚㄒㄧ ㄨㄣˇㄅㄨ ㄏㄚˇㄅㄧㄧㄚ ㄋㄅㄚ 謝謝你的禮物。
Kata Penghubung 《ㄚㄅㄚ ㄅㄣˇ《ㄨ ㄅㄨㄣˇ 地	Kami sedikit demi sedikit mulai akrab. 《ㄚㄇㄧ ㄙㄜㄅㄧ《ㄧ ㄅㄜㄇㄧ ㄙㄜㄅㄧ《ㄧ ㄇㄨㄅㄞˊ ㄚㄢ˙ㄅㄚˇ 我們開始漸漸地相互熟悉起來。
Dengan ㄅㄥˇㄋˇ 得	Bagaimana dengan laporan kamu ? ㄅㄚ《ㄟㄇㄚㄋㄚ ㄅㄥˇㄋˇ ㄌㄚㄅㄛㄌㄢ 《ㄚㄇㄨˋ 你的報告寫得怎麼樣了？
Sudah ㄙㄨㄅㄚˇ 了	Maaf saya sudah terlambat. ㄇㄚㄚㄈㄨ˙ ㄙㄚㄧㄚ ㄙㄨㄅㄚˇ ㄅㄥˇㄌㄚㄅㄚ˙ 對不起我遲到了。
Sedang ㄙㄜㄅㄤˇ 著	Mereka sedang duduk melingkar. ㄇㄜㄅㄟ《ㄚ ㄙㄜㄅㄤˇ ㄅㄨㄅㄨ ㄇㄜㄅㄧㄣ《ㄚˇ 他們坐著圍成一圈。
Lewat ㄌㄟㄨㄚˇ 過	Berjalan lewat sini ke bank 10 menit juga sampai. ㄅㄜㄐㄧㄚㄌㄢ ㄌㄟㄨㄚˇ ㄒㄧㄋㄧˇ 《ㄜ ㄅㄢˇ ㄙㄜㄅㄨㄅㄨ ㄇㄜㄋㄧ ㄐㄧㄩ《ㄚ ㄙㄢˇㄅㄞˇ 銀行從這裡走過去十分鐘就到。
Kata Imperatif 《ㄚㄅㄚ ㄧㄣˇㄅㄜ ㄅㄚㄅㄧˇ 吧	Kamu bukan dokter ya ? 《ㄚㄇㄨ ㄅㄨ《ㄢˇ ㄅㄛˇㄅㄜ ㄧㄚˇ 你不是醫生吧？

Ya 一ㄚˋ 呢	Kapan kamu pulang ya ? ㄍㄚㄅㄢ ㄍㄚㄇㄨ ㄅㄨㄌㄤˇ 一ㄚˊ 你幾點回家呢？
Kata Tanya ㄍㄚㄅㄚ ㄅㄋㄚˋ 嗎	Mohon berbicara pelan sedikit ya ? ㄇㄛㄏㄣ ㄅㄜㄅ一ㄐ一ㄚㄌㄚ ㄅㄜㄌㄢˇ ㄙㄜㄉ一ㄍ一ˊ 一ㄚ ˊ 請説慢一點好嗎？

Pelajaran 45

Kata Sambung
ㄍㄚㄅㄚ ㄙㄢˇㄅㄨㄣˇ
接續詞

MP3 45

Kosakata 單字	Kalimat 造句
Atau ㄚㄅㄠˇ 或者	Apakah kamu suka apel atau jeruk ? ㄚㄅㄚㄍㄚ ㄍㄚㄇㄨ ㄙㄨㄍㄚ ㄚㄅㄜˊ ㄚㄅㄠˇ ㄐ一ㄝㄌㄨ 你喜歡蘋果還是柳橙呢？
Tetap saja ㄅㄜㄅㄚ ㄙㄚㄐ一ㄚ 還是	Dia sangat penyabar , tapi saya tetap saja tidak menyukainya. ㄉ一一ㄚ ㄙㄢˇㄤˇ ㄅㄣˇ一ㄚㄅㄚˇㄉㄜ , ㄅㄚㄅ一 ㄙㄚ一ㄚˊ ㄅㄜㄅㄚˇ ㄙㄚㄐ一一ㄚ ㄅ一ㄅㄚ ㄇㄣˇㄋㄨㄍㄚ一ㄅ一ㄚ 他脾氣很好，可是我還是不喜歡他。
Karena…maka… ㄍㄚˇㄅㄋㄋㄚ… ㄇㄚㄍㄚˇ… 因為…所以…	Karena cuaca tidak baik maka saya tidak berniat pergi keluar. ㄍ ㄚˇㄅㄋㄋㄚ ㄓㄨㄚㄐ一ㄚ ㄅ一ˇㄉㄚ ㄅㄞˊ ㄇㄚㄍㄚ ㄙㄚ一ㄚ ㄅ一ㄅㄚˇ ㄅㄜㄋ一一ㄚ ㄅㄜㄉㄜㄍ一 ㄍㄜˇㄌㄨˇㄨㄚ 因為天氣不好，所以我不想出去。

Bukan hanya··· Bahkan juga··· ㄅㄨㄍㄢ ···ㄏㄢㄧㄚ �V··· ㄅㄚㄍㄢ ···ㄐㄧㄩㄍ ㄚV 不但…而且…	Dia bukan hanya seorang dokter bahkan juga seorang penari. ㄅㄧㄧㄚ ㄅㄨㄍㄢV ㄏㄚㄧㄚ ㄙㄛVㄛㄌㄢV ㄉㄛVㄉㄜ • ㄉㄜ ㄅㄚVㄍㄢ ㄐㄧㄩㄍㄚ ㄙㄛㄛㄛV ㄅㄛㄋㄚVㄌㄧV 他不但是一位醫生而且還是一位舞者。
Walaupun···Tapi··· ㄨㄚV ㄌㄠㄅㄨㄣ V···.ㄉㄚ • ㄅㄧV 雖然…但是…	Dia walaupun sakit , tapi masih saja giat bekerja. ㄅㄧㄧㄚ ㄨㄚVㄌㄠVㄅㄨㄣV ㄙㄚㄍㄧノ ㄉㄚㄅㄧノ ㄇㄚㄒㄧV ㄙㄚㄐㄧㄚ ㄍㄧㄧㄚ ㄅㄜㄍㄜㄐㄧㄚノ 他雖然生病，但是仍努力工作。
Dulu··· baru ㄉㄨㄉㄨV··· ㄅㄚㄉㄨ 先…然後…	Kamu naik dulu baru saya naik. ㄍㄚㄇㄨ ㄋㄞV ㄉㄨㄉㄨ ㄅㄚノㄉㄨV ㄙㄚㄧㄚ ㄋㄞVㄧノ 你先上去，然後我再上去。
Jika···maka···. ㄐㄧㄍㄚ···. ㄇㄚㄍㄚ··· 如果…就…	Jika tidak dapat menggunakan sumpit maka gunakanlah pisau. ㄐㄧㄍㄚ ㄅㄧㄉㄚVㄉㄚVㄅㄚ ㄇㄣVㄍㄨVㄋㄚㄍㄢV ㄙㄨ ㄅㄨㄅㄧノ ㄇㄚㄍㄚ ㄍㄨㄣVㄋㄚVㄍㄢㄉㄚ ㄅㄧㄙㄠV 如果不會用筷子，就用刀子。
Jika···maka··· ㄐㄧㄍㄚ··· ㄇㄚㄍㄚV···. 只要…就…	Jika kamu tidak menangis maka saya akan memberi kamu permen. ㄐㄧㄍㄚ ㄍㄚㄇㄨ ㄅㄧㄉㄚ ㄇㄜㄋㄢVㄋㄧノㄙ ㄇㄚㄍㄚ ㄙㄚㄧㄚ ㄚㄍㄢV ㄇㄣVㄅㄜㄉㄧ ㄍㄚㄇㄨ ㄅㄜㄉㄜㄇㄟV 只要你不哭，我就給你糖果。

國家圖書館出版品預行編目(CIP)資料

用注音說印尼語 / 陳玉順編著. -- 初版. --

新北市： 智寬文化, 民101.11

面 ； 公分

ISBN 978-986-86763-7-4(平裝附光碟片)

1. 印尼語 2. 會話

803.91188   101024461

外語學習系列 A007

用注音說印尼語

2013年1月 初版第1刷

作者	陳玉順
錄音者	陳玉順／常菁
出版者	智寬文化事業有限公司
地址	新北市235中和區中山路二段409號5樓
E-mail	john620220@hotmail.com
電話	02-77312238・02-82215078
傳真	02-82215075
印刷者	彩之坊科技股份有限公司
總經銷	紅螞蟻圖書有限公司
地址	台北市114內湖區舊宗路2段121巷19號
電話	02-27953656
傳真	02-27954100
定價	新台幣380元
郵政劃撥・戶名	50173486・智寬文化事業有限公司